「織田くん……、助けてくれてありがとね」
蓮見佳奈
はすみかな
JN104121
隣の席の美少女をナンパから助けたら、なぜかクラス委員を一緒にやることになった件

「はい、あーん♪」
そう言うとハスミンは
和栗モンブランケーキを
俺の口元に差し出してきた。

「にゃんにゃん♪にゃにゃっ？」
両手を机について
お尻を突き出しながら、
肩越しにこっちを振り返って
はにかむように微笑むハスミン。
男心をくすぐってくる
可愛くて小悪魔なポーズだ。

「悪い、とっさだったから。すぐ離すよ」
「え？　ううん。あの……べ、別に、い、嫌じゃないし……」
ハスミンはそう言うと左手を俺の腰にそっと添えてきた。
「え、えへへ、ぜ、全然嫌じゃないし……」

隣の席の美少女をナンパから助けたら、なぜかクラス委員を一緒にやることになった件

マナシロカナタ

角川スニーカー文庫

23523

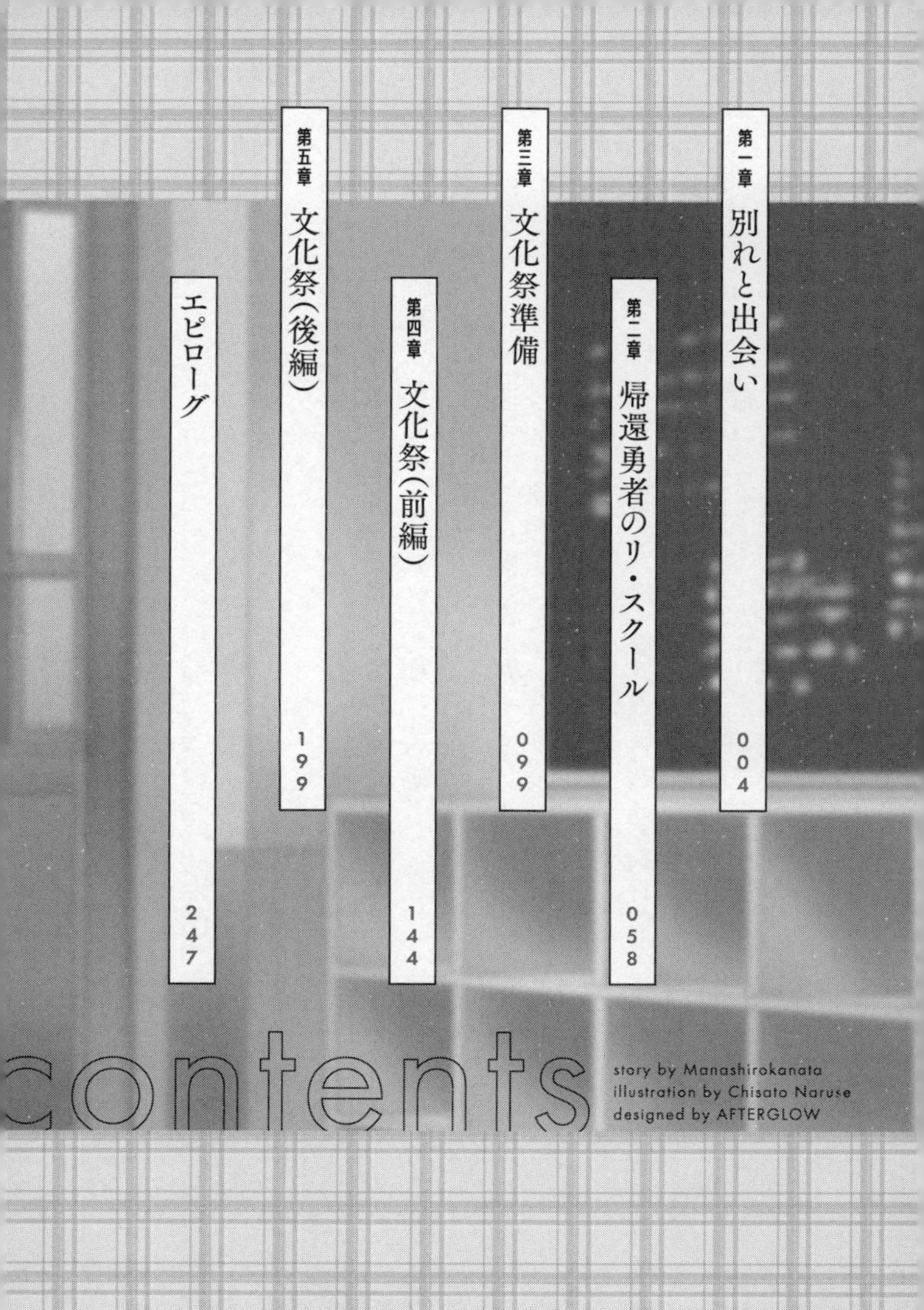

contents

story by Manashirokanata
illustration by Chisato Naruse
designed by AFTERGLOW

第一章　別れと出会い

Episode.1

高校一年の夏の終わり。

天国のような夏休みが終わり、またいつもの灰色で憂鬱な高校生活が再開する――そんな二学期の始業式を迎えようとしていた九月一日の朝。

俺――織田修平（おだしゅうへい）は突然、異世界召喚されて世界を渡った。

召喚されたのは中世ヨーロッパ風の異世界『オーフェルマウス』。

俺はそこで勇者になり、五年に及んだ長く苦しい戦いを経て魔王カナンを倒し『オーフェルマウス』を救った。

そして魔王討伐と世界平和を祝う盛大な式典が行われた数日後。

俺は『オーフェルマウス』の最高神である女神アテナイを祭る神殿、その最奥にいた。

否（いや）が応（おう）でも聖性を感じずにはいられない白一色の柱と壁、高い天井。

ギリシャにあるパルテノン神殿を彷彿（ほうふつ）とさせる荘厳な部屋の床には、緻密な文字と図形が複雑に絡み合った壮大な魔法陣が描かれている。

「やはり勇者様は元の世界に帰ってしまわれるのですね」

五年間、俺とともに魔王討伐の旅をした女神官リエナが、柔らかな金髪を揺らしながら悲しそうな顔で呟いた。

リエナは未来を指し示す女神アテナイの神託を聞くことができる最上位の神官だ。

女神アテナイの神託に従って五年前に俺をこの世界へと召喚したのもリエナだった。

絹糸のようにさらさらの金髪と、澄み渡る空のような青い瞳。

女神の生まれ変わりかと思うような整った顔立ち。

身体のラインが結構出て目のやり場に困る真っ白な神官服が、出るところは出て引っ込むところは引っ込んでいるスタイル抜群のリエナに良く似合っている。

「ごめんリエナ。でもやっぱり俺は元の世界に帰るよ」

「そうですか……」

「俺は一人っ子なんだ。向こうの世界じゃいい思い出はそんなになかったけど、それでもやっぱり父さんと母さんを悲しませたくないから」

一人息子の俺がこのままこっちの世界に居座ってしまったら――元の世界ではおそらく行方不明だ――俺の両親は死ぬまで泣き続けるだろうから。

「ご決意は固いようですね。分かりました、家族の絆はとても大切なものですものね」

「そう言ってくれるとありがたいよ」

「私もお腹の子供は責任を持って大切に育てますから、勇者様もどうかご安心ください」

「いやいや俺たちそういう関係じゃなかったよな？　世界を救う旅に出た勇者と、勇者に女神アテナイの神託を授ける神官っていう、それはもう清らかすぎる関係だったよな？」

「私は出会ったその日からずっと勇者様に好意を抱いていましたよ。ですが戦いの邪魔になると思って、ずっと胸の奥に想いを秘めていたんです」

「そうだったのか……実を言うと俺もリエナのことはいいなとは思っていたんだ」

「あ、そうだったんですね」

「美人だし優しいし、なによりリエナの機転と神託で何度も助けてもらったからさ。でもごめん。やっぱり俺は元の世界に――日本に帰らないといけないんだ」

「はい、承知しております」

俺とリエナはしばらく無言のまま見つめ合った。

この五年ですっかり見慣れてしまったリエナの顔を見るのもこれで最後かと思うと、ともに過ごしたあれやこれやがまるで走馬灯のように思い起こされてくる。

リエナに召喚されてすぐに、女神アテナイ神殿最奥にある台座に刺さった、勇者にしか抜くことができないという聖剣『ストレルク』を抜いた。

それからは各地の魔物を討伐して人間の勢力圏を回復していったのだが、リエナの豊富な知識に救われたことがそれこそ星の数ほどあったのだ。

さらには強大な魔王四天王をも倒した俺は、最後は大激戦の末に人類の宿敵たる魔王カナンを討伐した。

そしてそんな俺の側にはずっとリエナがいて、俺を支え続けてくれたんだ。

辛かったこと、苦しかったことがほとんどだったけど、嬉しかったことや楽しかったこともあった。

ここに来るまで本当に色々なことがあったんだ――。

転移の魔法陣が清浄なる白銀の光を放ち始める。

五年を過ごしたこの世界とも、召喚されて以来ずっとともに旅を続け苦楽をともにしたリエナとも、お別れの時間が迫ってくる。

「リエナ、今まで本当にありがとう。俺が魔王カナンに勝てたのはリエナがいてくれたおかげだ。感謝してもしきれない」

「もう、何を言ってるんですか。感謝をするのはこっちのほうですよ。勝手に召喚して魔王を倒してもらったのは、私たちのほうなんですから」

「ははっ、言われてみれば確かにそうだな」

「この世界の住人を代表して最後にもう一度、偉大なる勇者様に――『絶対不敗の最強勇者』シュウヘイ＝オダ様に改めて感謝の気持ちを述べさせていただきます。世界を救っていただき本当にありがとうございました。このご恩は一生忘れません」

俺の身体が浮遊感に満たされ始める。

五年前にこの世界に来た時にも感じた懐かしい感覚だ。

同時にリエナの姿が薄れ始めた。

別の世界へと渡る超高難度の転移禁術が発動し、時空に歪み(ゆが)が生じているのだ。

「さようならリエナ！　元気でな！」

「勇者様こそ、どうぞ元の世界でもお変わりなくお過ごしください！　願わくば元の世界に帰られても、偉大なる女神アテナイのご加護とお導きが御身にありますように——」

こうして。

リエナの祈りとともに俺は再び世界を渡り——————。

——浮遊感がなくなり目を開けると。

そこは五年前までは見慣れた、けれどここ五年はまったく見ることがなかった、懐かしさでいっぱいの実家の自分の部屋だった。

なにせ五年前なので記憶があやふやだが、一見すると何も変わったところは見受けられない。

机の上にスマホが無造作に置かれていたのを見つけた俺は、すぐに画面を開いて「今」

が「いつ」なのかを確認した。

表示は二〇二X年九月一日七時一五分。

「これって俺が異世界転移した日だったよな？　こっちの世界じゃまったく時間が経過していないってことか？」

身体を見回してみると、

「身体も五年前に戻ってる？　いや、当時は帰宅部のヒョロもやしだったはずなのに、かなりガッシリと筋肉がついてるから、知識や身体スペックは勇者のままで、でも肉体年齢だけ五歳若返ったってことか」

カメラモードにしたスマホに映った自分の顔は、明らかに五年前――まだあどけなさが残る十代の頃のものだった。

あまりに都合がよすぎる状況はしかし。

きっと偉大なる女神アテナイが、世界救済のお礼代わりに気を利かせてサービスでもしてくれたんだろう。

「そうだよな、いきなり二〇歳を過ぎた成人した姿で現れたら両親も驚くよな」

俺としてはこの絶妙な配慮には感謝せざるを得なかった。

女神への感謝のついでに、俺は軽く精神を集中させると慣れ親しんだ言霊を紡ぐ。

「女神アテナイよ、俺に邪悪を退けし勇者の力を――『女神の祝福（ゴッデス・ブレス）』」

するとと俺の全身をうっすらとした白銀のオーラが覆っていき、身体の中に強大な勇者の力が駆け巡り始めた。

「勇者スキルもそっくりそのままこっちの世界でも使えるのか。これもサービスなのかな？」

異世界『オーフェルマウス』での俺は女神アテナイから強力な加護を授かり、それを様々な勇者スキルとして使用することができた。

『女神の祝福』はその中でも最強の、勇者の力そのものと言ってもいい戦闘用のスキルだった。

そして女神アテナイに与えられた勇者の力は、元の世界に戻ってきた今も健在のようだ。

もしかしたら別れ際にリエナが祈ってくれたからかもしれない。

最後の最後までサポートしてくれてありがとな、リエナ。

「でもこれってこの世界に異世界のスキルを持ち込む――いわゆるチートってやつだよな」

しかも俺の場合は世界を救った勇者の力という文字通り最強のスキルだ。

一〇〇メートルをわずか五秒で駆け、軽く二〇メートルを跳び、巨大な岩をワンパンで粉々に粉砕するその力は、チートの中でも最上級なのは間違いない。

さすがに聖剣『ストレルカ』はついてこなかったみたいだけど。

「ま、聖剣を持ってこれたとしても銃刀法違反で捕まるだけか。この世界には聖剣が必要になる強大な魔王がいるわけでもないし、いらないっちゃいらないな」

聖剣なんてぶっそうなものは、平和な日本じゃ宝の持ち腐れもいいところだ。

あれは、この先また現れるであろう新たな神託の勇者に受け継いでもらおう。

「なんにせよ異世界で五年も勇者として戦ったんだ。こっちの世界ではちょっとくらい楽させてもらっても罰は当たらないよな」

――と。

「修平、いつまで寝てるの。今日から二学期でしょ。そろそろ起きないと始業式から遅刻するわよ」

とても懐かしい声がしたかと思うと、母さんがノックもなしに部屋のドアを開けて入ってきた。

視線を向けた先にはもちろん、記憶の中と変わらない母さんの姿があって――。

「――っ！　母さん……。ただいま」

だから俺はつい目を涙ぐませながら、ずっと伝えたかったその一言を口にしたのだった。

母さんに会ったらまず何よりも最初に『ただいま』を言おうと、この五年間ずっと思っていたから。

もちろんそんな俺の想いは母さんに伝わりはしない。

「朝起きて『ただいま』だなんて、あんたまだ寝ぼけてるの？　ほら、早く顔洗ってきなさい。朝ごはんはできてるからすぐに食べて学校行くのよ？　始業式から遅刻したら怒るからね？」

「ありがとう母さん。すぐ用意するから安心して。遅刻なんてしないから」

「……ほんとどうしたのよ修平？　朝からちょっとおかしいわよ？　熱でもあるんじゃないの？　大丈夫？」

「大丈夫だよ。ごめん、ちょっと寝ぼけてたみたいだ。すぐに顔を洗ってくるよ」

「ならいいんだけど。っていうかあんた、昨日より身体が一回り大きくなってない？　やけに筋肉質っていうか……」

　母さんがしげしげと俺の身体を眺めてくる。

「あーえっと……そう、実は一念発起して夏休みの間はずっと毎日筋トレをしてたんだ。だからその成果が出たんじゃないかな？」

「昨日の夜まではそんなじゃなかった気がするんだけど……」

「ああもうほら母さん、学校に遅れるからその話は今はいいだろ」

　俺に急かされ、不思議そうに首を傾げながら、

「男の子ってこんなすぐ変わるのねぇ……」

　呟きつつ部屋を出ていく母さんの後ろ姿を見て、俺は元の世界に帰ってきたことを改めて実感していた。

「俺は本当に元の世界に帰ってきたんだ……」


一階に下りて洗面所で顔を洗ってから食卓に向かい、朝ごはんの並んだ食卓につく。

なんてことはないその全てが、どうしようもなく懐かしい。


「いただきます」


シャケおにぎり、味噌汁、玉子焼き、壺漬け。

デザートにバナナヨーグルト。

実に五年ぶりに口にした母さん手作りの和食も、涙が出るほど美味しかった。

バナナヨーグルトは和食ではないけれど、この際それは置いといて。

次にこれまた五年ぶりとなる通学の準備をする。

今日は始業式とホームルームだけで授業はないはずだから、準備といっても大したことはないんだけど。

通学カバンの中を覗くと、今日提出する予定の夏休みの宿題が綺麗に収められている。


「ちゃんと夏休みの宿題を終わらせてるとか、五年前の俺もなかなか偉いじゃないか」

自分のことなのに、体感では五年前なので、どこか他人事のように感じてしまうのが面白い。

まぁ当時は陰キャだった俺のことだ。

宿題を忘れたせいで悪目立ちしたくないとか、そんな後ろ向きなことを考えていたんだろうけど。

そして五年ぶりに高校の制服に袖を通すと、

「ちょっときついか……？」

異世界転移前の帰宅部のもやし体形と違って、実戦を通して鍛え上げられた筋肉質な身体のせいで制服がやや窮屈だったんだけど、まぁ仕方ない。

「これだけ違ってるのに、母さんはさっきよく納得してくれたもんだよな」

これが親子の絆ってやつなんだろうか。

「ただなぁ。夏服は半袖だからギリ大丈夫だけど、どう考えても冬服は入らないよな。折を見て母さんに言っておかないと」

でも、春先にちょっと着ただけでまだまだ真新しいままの冬服一式を、一年の秋に新調するのは嫌がりそうだ。

主に金銭的な意味で。

学校指定の制服はかなりお高い。

うちは貧乏じゃないけど決して裕福というわけじゃないもんな。

「俺も高校生だし短期のバイトでもするかな？　勇者スキルがあるからたいがいは何とかなるだろうし」

そんなことを考えながら少し早めに家を出た俺は、これまた体感では五年ぶりとなる高校へと向かった。

高校に向かいながら、

「えっと、たしか俺って一年五組だったよな？　教室は三階の端だったはず。席はどこだったっけか……？」

すっかり忘れてしまっていた自分のクラスの場所や座席、クラスメイトの顔や名前をなんとか思い出すべく、俺は過去の記憶を掘り返していく。

五年ぶりとなる日本の景色をゆっくりと味わう余裕は、残念ながらあまりない。

アレコレ考えながら通学路を歩いていくと大して大きくはない駅が見えてきた。

高校最寄りのＪＲの駅で、電車通学の生徒はこの駅で降りて高校へと向かうのだ。

もちろん徒歩通学の俺には特に関係のない場所だ。

単に俺の通学路の途中にこの駅があるだけにすぎない。

だから駅前を素通りしかけたんだけど。

異変に気付いたのは駅前にあるコンビニの前を横切った時だった。

見知った顔がコンビニの駐車場にいることに気が付いたのだ。

「あれってたしか蓮見（はすみ）さんだよな？　同じクラスの」

クラスメイトの顔を思い出す中で、かなり初めに出てきた女の子だ。

もちろん俺の彼女というわけでもなんでもない。

学年でも一、二を争う可愛さが評判で、明るく陽キャな女子グループの中心人物だったからだ。

接点がない——どころか多分、話したこともなかったんじゃないかな。

蓮見さんは不良っぽい男二人組と一緒だった。

(一緒っていうかあれは絡まれてるっぽいな？　朝からナンパか？　蓮見さんはかなり可愛いもんな)

蓮見さんは男の一人に通学カバンの持ち手を掴まれていて、なにやら言い争っているようだ。

「始業式なんてサボってもなんともないだろ？」

「そーそー、どうせ顔出したらすぐ帰るんだから」

「そんなのすっぽかして俺らと遊ぼうぜ」

「結構です！」

「おーい、聞いたか。結構ですだってよ」

「結構ですって、それでいいって意味っスよねアニキ」

「ち、ちが——っ」

もちろん同じクラスの女の子がそんな目にあっているのを見過ごす元勇者の俺ではない。

「蓮見さん、どうしたの？　なにか揉めごと？」

俺はすぐに近寄ると蓮見さんに声をかけた。

「あ、えっと、織田くん……？」

蓮見さんが一瞬きょとんとした顔をした後に、アッて顔をして、最後に露骨にホッとしたような顔を見せる。

「あ？　なんだお前？　俺ら今この子と楽しくおしゃべり中なの。部外者に、いきなり首突っこんできて邪魔して欲しくないんだけどよぉ？」

逆に蓮見さんをナンパしていたうちの一人、背の高い金髪の不良が目を細めながら俺を睨みつけてきた。

俺が通っている高校とは別の、よその高校の制服のズボンをだらしなく腰パンして、金のピアスに金のネックレスを身に着けている。

一言で言ってチャラい。

「そうだそうだ！　どっか行けよ！　アニキの邪魔すんな！」

さらにもう一人の背の低い黒髪の不良が囃し立てるように煽ってくる。

もちろん、ちょっとイキっただけの金髪の不良と子分にすごまれたくらいで、魔王を倒した勇者の俺はすごすごと逃げ帰ったりはしない。

「俺はその子のクラスメイトだよ。部外者じゃない」

「ああ？　クラスメイトだぁ？」

「そうだ。あと、とても楽しそうには見えないけどな？　見て分かるだろ、蓮見さんが嫌がってることくらい。早く手を離してやれ。そうしたら今日のところは見逃してやる」

「あ？　なんだとこら？　何が見逃してやるだこのタコ。舐めてんのか？」

「俺はいたって普通の会話をしているつもりだけど？」

「女の前だからって調子こいてんじゃねえぞボケ！」

金髪の不良はイライラを隠そうともせずに蓮見さんのカバンから手を離すと、今度は俺の胸倉を絞り上げるように荒っぽく掴んできた。

（よし、まずは蓮見さんのカバンから手を離させることができた。これで後は俺とこいつらの問題だ）

「蓮見さんから手を離せとは言ったけど、だからって俺の服を掴むのはやめてくれないかな？」

「ああっ!?」

「シャツの襟元が伸びるだろ？　知らないのか、制服って結構高いんだぞ？　伸びて戻らなくなったら弁償してくれるのか？」

「さっきからスカしたことばっか言ってんじゃねぇぞこの野郎！　痛い目見ないと分かかん

ねぇのかよ⁉」

金髪の不良は俺の胸倉を掴んだまま、空いているもう片方の手を握りこみ威嚇するように拳を振り上げる。

「織田くん！」

それを見た蓮見さんがほとんど悲鳴に近い声で俺の名を叫んだ。

「まったく、人が穏便に済ませようとしてるのにさっぱり聞く気がないんだもんな。困ったもんだよ」

俺はやれやれと大きくため息をついた。

「なんだと……？」

「しかもこういう手合いに限って仏心を出して見逃してやっても、感謝するどころか復讐を考えたりして全くいいことないんだよな。教育じゃなくてその前段階の躾からして、そもそも全くなってないっていうか」

「テメェ……！」

『オーフェルマウス』でこんな社会性皆無な馬鹿な子供を育てたら、親は村八分だぞ？

いやまぁそう奴もゼロではなかったんだけどさ。

ただ向こうじゃそういうヤカラは真人間になるように、見つかり次第容赦なく矯正されていた。

見ているこっちが可哀想に感じてしまうくらい本当に容赦なく、だ。

「しょうがない、他人の迷惑を気にも留めない社会性の欠片もない馬鹿には、ちょっと厳しめにお灸をすえてやるか」

俺は胸倉を掴んでいる金髪の不良の手首を無造作に握ると、ギリギリと万力のように締め上げ始めた。

「なにがお灸をすえてやるだ？　テメェは何様のつもりだ――ぎゃぁぁぁぁぁあああああああっっっっっ！」

金髪の不良が獣の叫び声のような悲鳴を上げた。

すぐに俺の胸倉を掴んでいた手が離れる。

痛みのあまり手を離してしまったのだ。

しかし俺は力を緩めるどころかさらに強く手首を締め上げていく。

俺としてはそこまで力を入れてるわけじゃないし、かなり手加減はしてるんだけど。異世界帰りの勇者じゃない一般人に対してやるにしては強くって意味な。

俺が本気でやったら、一般人の手首の骨を粉々に粉砕するのに五秒もかからない。

俺に握られた金髪の不良の手首の骨が、ミシミシと嫌な音を立て始める。

「あああっ!!　お、折れる！　手首が折れる！　ひぎゃっ！　やめろ！　放せ！　あがっ！　あぐっ、ぎゃぁぁっ!!　あっ、あっ！　あがぁぁぁぁぁあっっ！」

目尻に涙を浮かべながら俺の目を見て必死に懇願してくる金髪の不良を、俺は眼光鋭く睨みつける。そして冷たい視線でそんな願いを無言でシャットアウトする。

さらに俺の戦意に反応して、中級の魔獣すら震え上がらせる勇者スキル『裂帛(れっぱく)の気合』が発動した。

数々の魔獣を葬ってきた俺の圧倒的なまでの戦意を本能的に感じ取ったのだろう、

「いてーよぉ！　怖ぇえよ！　かあちゃん！　かあちゃん！」

ついには金髪の不良は母親に助けを求めながらブルブルと震えて泣き出してしまった。

「てめぇ！　アニキになにしやがんだ！」

無様に泣き出した金髪の不良を見かねて、子分の男が声を荒らげながら詰め寄ってくる。

「ば、バカ、よせ！　来るな！」

「アニキ、なんで止めるんすか！」

「こいつの目を見てみろ！　どう見てもカタギじゃねぇよ。人殺しの目だ！　しかもこのすげぇ力……！」

「人殺しとか言うなよ人殺しとか。俺は極めて善良な平和主義の高校生だっての」

軽くおどけるように言いながらも俺は締め付ける力を緩めはしない。

「お、俺が悪かった、許してくれ！　もう金輪際この子には声をかけないと約束する！　だから手を！　その手を放してくれぇっ！　手首が折れる！　折れる！　あっ、あああっ！　あががががっっ!!」

「あのなぁ、そうじゃないだろ。この子のことだけじゃなくて、俺は根本的にそのクソみたいな生き方を改めろって言ってんだよ」

「あ、ぐ、あ……あがぁっ!!」

「まず第一に他人の嫌がることはするんじゃない。小学生でも分かるだろ、お前はでかい図体（ずうたい）して頭の中は小学生以下なのか？」

「このっ、てめぇ！　調子に乗りやがって！　いい加減にしろよ！」

完全に心が折れてしまって俺の言葉に素直にこくこくと頷（うなず）く涙目の金髪不良とは対照的に、なおも反抗しようとする子分の黒髪。

しかし俺が視線を向けて軽く一睨みしてやると、たったそれだけで子分の不良は恐怖で腰が抜けて尻餅をついた。

その股間がすぐに温かいもので湿り始める。

俺の猛烈な戦意を直接浴びて、恐怖のあまり失禁してしまったのだ。

「わ、分かった！　これからは真面目に生きる！　だからもうこの手を放してくれ！　本当に手首が砕けそうなんだ！　あがががっ!!　頼む！　頼むから！　ぐっ、ひぎゃぁっ!?」

最後にひときわ強く、手首が砕け散るギリギリ寸前まで強く握ってから俺は金髪の不良の手を放してやった。

「はぁ、はぁ、はぁ……し、死ぬかと思ったぜ……」

「生まれたての小鹿じゃあるまいし、こんな程度で死にゃしねえよ」

「な、なにもんなんだ、あんた」

「見ての通りただの高校生だよ。ま、今日のところは特別にこれで見逃してやる、特別にな。もう人様に迷惑かけるんじゃないぞ。分かったらほら行け」

「す、すんませんでしたぁ！」

金髪の不良は大きな声で謝りながら頭を下げると、まだ腰を抜かしたままの子分の男を強引に引っ張り上げて、逃げるように駅の中へと消えていった。

「ふぅ……」

不良二人組を軽くシメた俺は小さく息をついた。

もちろん疲れたわけじゃない。

五年も勇者をやった俺にしてみればこの程度、ラジオ体操第一を軽く流したくらいの微々たる労力だから。

（だけど今みたいに悪ぶった振りをするのってあんまり得意じゃないんだよなぁ。そもそも俺は勇者で正義の味方だったんだし）

ただああいう手合いは、得てして優しく言っても通じないんだよな。

それどころかなぜか増長してつけあがって、あろうことかお礼参りをかましてきたりする。

俺だけなら、何回こいつらが来ようがどれだけ徒党を組んで襲って来ようがいくらでも返り討ちにできる。

けれど蓮見さんに害が及ぶのはいただけない。

だから仕方なく躾も兼ねて徹底的に脅してやったんだけど、こういう役柄はあんまり俺向きじゃないからできればこれっきりにしたいところだな。

なんてことを考えていると、

「あの、織田くん……えっと、助けてくれてありがとね」

途中から少し離れたところでハラハラと成り行きを見守っていた蓮見さんが、とてとてと近寄ってきて緊張した面持ちで恐るおそるお礼の言葉をかけてきた。

蓮見さんが俺にビビってしまうのも仕方ない。

因縁をつけてきた不良二人組を、逆に脅して追い返すなんて荒っぽいやり方をしたんだもんな。

普通の女子高生なら怖くなってしまうのも当然だろう。

蓮見さんには俺が不良なんて簡単に黙らせられるような、例えば暴力団の構成員かチンピラ予備軍にでも見えているのかもしれなかった。

もちろんクラスで人気の女の子に怖い印象を与えても、いいことなんて一つもない。

それどころかヤバい奴とでも思われたら損しかない。

「どういたしまして。蓮見さんも災難だったね、朝っぱらからあんなのに絡まれて。でももう絡まれることはないと思うから安心してね。怪我とか痛いところはない？」

だから俺はこれ以上なく人畜無害な顔で、いつもより物腰柔らかに蓮見さんに言葉を返した。

「うん、しつこくカバンを掴まれて放してくれなかっただけだから」

「それは不幸中の幸いだったね。もう絡まれることはないと思うけど、もしなにかあったらすぐに言ってきてね。俺がなんとかするから」

「あの……織田くんってさ？」

「なに？」

「なんかちょっと変わった？　夏休みの前まではもっと暗——えっと物静かな人かなって思ってたんだけど。なんとなく身体つきもガッシリしてるし」

「暗い」と言いかけたんだろう、蓮見さんが慌てて『物静かな人』と言い直した。

もちろんそんなことをイチイチ指摘したりはしない。

かつての俺は間違いなく、自他ともに認めるネクラの陰キャだったからな。

「ちょっと色々あってね、正義の心に目覚めたんだ。それで一念発起して夏休みの間はずっと身体を鍛えてたんだよ」

俺は右の二の腕にグッと大きな力こぶを作ってみせる。

「あはは、なにそれ正義の心って」

「英語で言うとハート・オブ・ジャスティス？」

「なんで英語で言うしー。あ、もしかして今のって織田くんのボケ？　意外と面白い人なんだね織田くんって」

「そうなんだよ、意外にさ」

とりあえず暴力的な怖い人ってイメージはなくなったかな？

蓮見さんもすっかり緊張が解けたみたいで、普通に話してくれているし。

「でもほんとにほんと、すっかり明るくなったよね。いい感じだと思うよ？」

「遅れた高校デビューが滑らなくてよかったよ」

「目覚めてくれた正義の心のおかげかも？」

「正義は勝つ、だな。この先もずっと大事にするとしよう」

「うんうんそれがいいよ。それと改めて助けてくれてありがとうございました。一本早い電車に乗れたからふらっとコンビニに寄ったんだけど、そこであの二人組にしつこく付きまとわれて困ってたの」

「そんなのいいって。あれくらい別に大したことないから」

「全然大したことあるでしょ？　あ、そうだ！　良かったらお礼にマックでも奢るよ？　九月入ってお小遣い出たところだし」

「いやほんと、俺的にはマジで大したことはないんだ」

なにせ俺は五年に渡って魔王軍と戦い続け、最後には魔王も倒して異世界『オーフェルマウス』を救った勇者なのだ。

帰ってきたこの平和な日本で、ナイフ一つ持っていない大変お行儀のいい不良に絡まれたクラスメイトを助けることくらい、もはや息を吸うのと変わりはしない。

「しつこくナンパしてくるガラの悪い二人組を追い払うって、すごく大したことあると思うけど？　実際周りの人は見て見ぬ振りだったし。同じ学校の人も全然助けてくれないし」

「こう見えて荒事にはめっぽう慣れてるんだ。だから感謝とかお礼とかってのはやめてくれると嬉しいかな」

真面目な話、俺にとっては本っ当に大したことじゃなかったから。

だからそんなに感謝されると、むしろこっちが蓮見さんに申し訳なさを感じてしまうんだよな。

「……ほんと織田くんって変わったよね。ねぇねぇ、せっかくだし連絡先の交換しない？　織田くんラインやってるよね？」

そう言うと蓮見さんはピンクの可愛いケースに入ったスマホを取り出した。

「やってるけど、俺とか？　俺と連絡先を交換しても連絡することはないんじゃないかな？」

誰もが認める学校カースト最上位の蓮見さん。

その連絡先を知りたい人間（特に男子）は山ほどいるだろうが、逆にカースト最底辺の俺の連絡先を知りたい人間は男女問わず限りなくゼロだろう。

「そんなことないしー。織田くんとはクラスメイトだし連絡くらい普通にするでしょ？　それにこうやって仲良くもなったんだし。ふふっ」

なにか笑いのツボでもあったのか、蓮見さんが楽しそうに微笑む。

「確かにそうだな。連絡することくらいはあるか」

こうやって話す機会があった以上、この先お互いに連絡する可能性は無きにしも非ずだ。

「それにわたし、織田くんに興味あるもん。なんていうか織田くんは他の男子とは違う感じがするんだよね」

（まぁ違うだろうなぁ。なにせ異世界を救って帰還した元勇者だ。そんなもん普通の男子高校生とは身体から心まで、何から何まで違いすぎて当たり前だ）

もちろんそんなことを言ったらドン引きされること間違いなしなので、俺は「じゃあ」と言ってスマホを取り出した。

これまた五年ぶりのラインだったのでやや操作に戸惑っていたら、蓮見さんが俺のスマ

ホを覗き込みながら、

「ここを開いて、この画面のここだよ」

指差しながらパパッと教えてくれたので、ラインでの連絡先交換はすぐに完了する。

その時に蓮見さんの前髪が俺の頬に触れて少しドキッとしてしまったんだけど、もちろん顔にも態度にも出しはしなかった。

「へぇ、織田修平っていうんだ。なんかカッコイイよね、適度に古風な感じで」

友達リストに登録された俺の名前を見た蓮見さんはどこか楽しそうだ。

そういや俺ってフルネームでプロフィールを登録してたんだっけ。

陰キャあるあるの一つ『プロフィールは変に調子乗ってると思われないように安心安全のフルネームで登録』だ。

フルネームに文句を言う奴は基本的にいない。

フルネームかよって笑われることはあるかもだけど。

あとはワンチャン名前をフルネームで覚えてもらえたらいいな、みたいなことを考えた記憶が俺の脳裏にうっすらと蘇っていた。

しかしその陰キャあるあるには悲しい続きがあって、『しかしそもそも連絡先の交換相手がいないから意味がない』んだよな。

そして異世界転移して戻ってくる前の俺もご多分に漏れず。

両親と、高校で唯一親しくしている一人以外の連絡先は今、蓮見さんと交換するまで一件も入っていなかった。

ただの一件もだ。

「ありがと。実は結構気に入ってるんだ。ちょっと戦国武将みたいだろ？」

「ふふっ、それわたしも思った。ちなみにわたしの名前は佳奈だよ、蓮見佳奈。にんべんに土が二つの『佳』に、奈良の『奈』で佳奈」

「佳奈ね、了解。素敵な名前だね」

「う、うん……ありがと……」

「？　急に口籠もってどうした？」

急変した態度を不思議に思って尋ねると、蓮見さんが黙ったまま俺を上目づかいで見上げてくる。

「織田くんってさ、そういうこと結構言っちゃえるタイプなんだね？」

「なんのことだ？」

そういうことってのはどこを指しているんだろうか？

「ううんこっちの話。あ、わたしのことはハスミンでいいよ。仲いい子はみんなそう呼ぶし。ラインとかもほとんど全部これで登録してるんだよね」

「ハスミンな、それも了解。なら俺のことも修平でいいよ。友達はみんな……友達はそう呼ぶから」

友達みんなと言いかけて、しかし友達が現状ただ一人しかいないことに思い至った俺は、発言をこっそり軌道修正した。

嘘は良くないよな、うん。

「うわっ、ほんと意外かも。表情すら変えずにさらっと呼ばれるとは思わなかったし」

「……今、呼んでいいって言ったよな？」

しまった。

向こうの世界じゃあだ名とか下の名前で呼ぶのが当たり前だったし、それこそ毎日のようにリエナって呼んでいたから、今も当たり前のようにハスミンとあだ名で呼んでしまったぞ。

ちなみにリエナは愛称で、本名はリエナエーラ＝エリアスという。

でも俺って蓮見さん――ハスミンの中じゃ、ちょっと上方修正されたとはいえまだまだ認識ベースは一学期の陰キャのままだろうし、そう考えると今のはちょっとなかったかもな。

（ま、いいか。ハスミンもそのうち今の俺に慣れてくれるだろ。俺が変に気にしてもしゃーない）

五年間の異世界生活のおかげで、俺はこういうポジティブ・シンキングができるようになっていた。

鋼メンタルになったとも言う。

異性の名前の呼び方とかイチイチ細かいことを気にしていたら、魔王を倒す旅なんてしてはいられないから。

「あはは、もちろんいいよー。単にちょっと驚いただけだし。でも織田くん――えーと修平くんはほんと変わったよね。垢抜けたっていうか大人びたっていうか」

またもや少し顔を俯かせながら上目づかいで言ってくるハスミン。

なんとなく照れながら言った気がしなくもなかったけれど、元陰キャの俺は女心には特に疎かったので、実際のところハスミンがどう感じているかは分からなかった。

「ありがと。クラスでも人気のハスミンに言われたら少しは自信になるよ」

助けてもらった手前、半分以上はお世辞なんだろうけどハスミンのような可愛い女の子に褒められて悪い気はしない。

「あはは、人気ってなにそれ。どこ調査だしー」

「またまたー」

「え、わたしってそんなに人気あるの？」

ハスミンがビックリしたように目を見開く。

「少なくとも男子の間では大人気だと思うけどな？」

クラスで一番人気の女子が誰かと聞かれたら、俺に限らず男子はほとんど全員がハスミンと答えるはずだ。

でも今のハスミンの反応を見る限り謙遜してるって風でもないし、意外とハスミンって自分がモテてる認識はないのかな？

異世界転移前の記憶を掘り起こしてみても、いつも女の子だけのグループでいたし、浮いた話も聞いたことがなかった。

恋愛にはあんまり興味がないとか？

——なんてことを恋愛経験皆無の俺が考えるのは、余計なお世話もいいところか。

「ふ、ふぅん……。ちなみにその、他意はないんだけどちょっと質問っていうか？」

「なんでも聞いてくれて構わないぞ」

「えっとその、修平くん的にはどうだったり……？」

「ハスミンをってことか？　もちろん俺も可愛いと思うぞ。性格も明るくて魅力的だし」

両手の人差し指を胸の前でツンツンと合わせながら聞いてくるハスミンに、俺は素直な感想を伝えた。

「あ、ありがと……修平くんってほんとストレートに言うよね？」

「褒め言葉はいくら言っても損はないからな」

「ふふっ、それはたしかにそうかも」

「だろ？」

そんな話をしていると、視界に映る同じ高校の制服を着た生徒たちが徐々に増えてきはじめた。

「もういい時間だし、立ち話はこれくらいにしてそろそろ学校に行かないとだね」

ハスミンが現在時刻を表示したスマホの画面を向けてくる。

「ちょっと長話しすぎたな」

せっかく十分すぎる余裕をもって早めに家を出たのに、立ち話をしすぎたせいで始業式に遅刻したら間抜けすぎる。

「じゃあ一緒に行こっ」

そう言ってハスミンが俺の返事も待たずに歩き出した。

「俺とか？」

意外な提案にわずかに困惑しながらも、俺はハスミンの隣に並んで歩き出す。

「だって同じクラスなのに、ここから別々に行くのってなんか変じゃない？　目的地は一緒なのに」

「そうだけど、ハスミンはいいのか？」

一緒に登校したせいで、俺とハスミンがそういう仲だと勘違いされて困るんじゃないか、と心配しなくもない。

「わたしから誘ったのにいいも悪いもないしー」

だけどハスミンは特に気にした様子もない。

これもまた、恋愛に疎い俺の考えすぎなのかもしれなかった。

「じゃあ教室まで一緒に行こうぜ」

「うんっ♪」

というわけで、俺は駅前のコンビニからハスミンと一緒に登校した。


あれこれ話を振ってくれるハスミンと楽しく話しながら、歩くこと一五分。

数か月通っただけなのに、もはや懐かしさしか感じない母校へとたどり着く。

そして一年五組と書かれたプレートのある教室の前までやってきた。

「おはよう！」

俺が大きな声で元気よく挨拶をしながら入室すると、途端にクラスメイトたちがびっくりしたような顔を向けてくる。

何人かが反射的に「おはよう」と返してきたけど、彼ら彼女らも驚いたような顔をしているのは同じだった。

まぁそうだよな。

今まで静かに隠れるように教室に入ってきていた影の薄い俺が、夏休みが終わった途端にいきなり元気よく挨拶して教室に入ってきたら、そりゃあみんな驚くよな。

（ま、今じゃこっちのほうが素になってるから、わざわざ元の陰キャに戻すつもりはないんだけどな。そのうちみんな慣れるだろ）

しかしクラスメイトたちがさらに驚いたのはこの直後だった。

「みんな、おはよ～」

俺とほとんど同じタイミングで入ってきたハスミンが、俺に続いて明るい声で挨拶をしたからだ。

それを見て俺の時とは比べ物にならないくらいに盛大にクラス中がざわめいた。

「蓮見さんと織田が一緒？　え、なんで？」

「一緒に登校したってこと？」

「まさか付き合ってるのか？」

「教室の入り口でたまたま一緒になっただけだろ？」

「だ、だよなぁ。ありえないよなぁ」

そんな声が教室のあちらこちらから聞こえてくる。

若干失礼な会話も聞こえてきたが、異世界に行く前のかつての俺はまさにそういう空気のような立ち位置だったので、ある意味当然の反応で気にするほどのことでもない。

俺はそんな彼らにもにこやかに「おはよう」と挨拶をすると、

「じゃあねっ♪」

「じゃあな」

「今日はありがと♪」

「だからいいってば」

最後まで感謝の言葉を伝えてくる律義なハスミンに苦笑しながら、俺はバイバイと軽く手を振ると、なんとか思い出すことができた自分の席へと足を向けた。


「おっす修平」

席に着いた俺に声をかけてきたのは、俺の高校での唯一の友人・柴田智哉（しばたともや）だった。

席も近くお互い陰キャ同士で友達がおらず、あぶれ者同士自然と仲良くなった――ような記憶がある。

なにせ五年前の記憶だから細かいところはかなりあやふやだ。

「おはよう智哉」

「なんか朝から雰囲気違うけどどうしたんだ？　蓮見さんと一緒に登校――なわけはないよな。ははっ、まさか二学期から遅咲きの高校デビューでもするつもりか？」

「まぁそんなところかな」

「うげっ、マジ系かよ!?　高校デビューは撤回して、同じ陰キャ同士、今までみたいに仲良く隅っこでミドリムシみたいに静かに生きようぜ？」

冗談めかして言っているが智哉の声は微妙に真剣だ。

唯一の友達がいなくなると不安に思っているのかもしれない。

「逆に俺と一緒で智哉も変わったらいいんじゃないか？」

「おいおい、そんな簡単に陰キャを変えられたら陰キャなんてしてないっつーの。っていうかマジでどうしたんだよ？　体格もやたらとマッチョになってるし、なんかもう別人だぞ？　フランスの傭兵部隊に入って中東にでも行ってきたのか？」

「まぁな、俺も色々あったんだよ」

「まぁなってなんだよ、まぁなって。マジで中東でドンパチやってたのかよ？」

「中東には行ってないよ」

「だよな、びっくりさせんなって」

「ははっ、悪かった」

ま、中東には行っていないものの、異世界には行っていたんだけど。

しかも勇者になって魔王と戦って倒してきたばかりだ。

まぁなっていうのは、つまりそういうことだ。

もちろん正直に言ってしまうと頭の病気を心配されそうなので言いはしない。

そのまましばらく席に座って智哉とダべっていると、予鈴が鳴って担任の先生が教室に入ってきた。

すぐに担任の指示で体育館に移動すると、どこにでもある変わり映えのない始業式が始まった。

「なんで校長先生ってのは誰も彼もこうも話したがり屋なんだろうな……」

こういった式の定番、特に中身があるわけでもない校長先生のお話は既に一〇分を優に過ぎている。

俺にだけ聞こえるように小声でぼやいた智哉に、

「その意見には同感だな」

俺も同意せざるを得なかった。

「こんな長い話、誰も聞いてないって分かってないのかな？　完全に自己満足の世界だろ、これ」

「分かってないから長話するんだろ？」

「だよなぁ。あーあ、こういう自己中な大人にだけはなりたくないよなぁ」

ため息をついた智哉に限らず、周りを見回しても明らかに長話にだれている生徒ばかりだ。

それだけでなく一部の先生もだるそうな顔を隠そうとはしていない。

始業式の司会進行役を任されている二年生の学年主任（だったと思う）に至っては、イライラした様子で何度も腕時計を確認している有様だし。

ちなみに俺も面倒だとは思ったものの、勇者時代の文字通り死にそうになった経験と比べれば、校長先生の長話なんて頬を優しく撫でる春のそよ風みたいなものなので、しっかりと背筋を伸ばして聞いていた。

そういや『オーフェルマウス』でも王様とか大臣とか、偉い人は軒並み話が長かったんだよな。

人は偉くなると長話をしたくなるものなんだろうか？

俺なんか勇者としてスピーチを求められても、いつも要点だけ伝えてさっさと話を終わらせてたってのに。

最終的に一五分近くかかった校長先生のありがたいお話を聞き終えて教室に戻ってくると、次に新学期恒例の行事である席替えが始まった。

担任の指示のもと、教卓に置かれた箱の中に入った紙を順番に引いていく。

「七番……ってことは俺は窓際の一番後ろの席か」

「マジか、超当たりじゃんか。いいなぁ。えーと、俺は一五番……うげぇ⁉　マジかよ、特等席だ……終わった、俺の二学期……」

対照的に智哉は中央最前列のいわゆる「特等席」を引いてしまい、死にそうな顔をして俺を見てから、ガックリと肩を落として席を移動していった。

智哉を見送った俺は窓際の一番後ろ、新しい自分の席に座る。

俺の隣は——なんと偶然にもハスミンだった。

「よっ、ハスミン。席も隣だなんて奇遇だな」

「隣の席、修平くんだったんだね。さっきの今でこれとか、なにか縁でもあるのかも？」

「もしかしたら前世で知り合いだったのかもな」

「じゃあまた巡り会えて良かったね。ふふっ」

ハスミンが軽く握った右手を口元に添えながら楽しそうに笑う。

素敵な笑顔だった。

こうやって改めて近くで見てみると、ハスミンはとても美人ですごく可愛い。

アイドルのように整った目鼻立ち。

ミディアムへアって言うのかな。肩にかかるくらいの少し茶色がかったゆるふわの髪は、片側にだけ小さなサイドテールを作っている。

ブラウスは半袖の夏服じゃなく、敢(あ)えて長袖を肘のあたりまで折って捲(まく)っているのが絶妙におしゃれ可愛い。

しかも明るくて笑っていることが多く、いかにも親しみやすそうな雰囲気をしている。

　ハスミンとは席は隣だし、朝の一件で連絡先を交換したりと仲良くもなれたし。

　そういう意味でも二学期は楽しい学校生活が送れそうだ。

「やっぱり平和っていいなぁ……」

　何でもないやりとりで平和の尊さをしみじみと実感してしまった俺の口から、思わず独り言が零れ落ちる。

　死と隣り合わせで本当に大変だった異世界での勇者生活。

　それと比べたら帰ってきたこの世界は時間の流れが緩いっていうか、校長先生の話が長いことに文句を言って笑い合えるようなまったりとした世界で、ぶっちゃけヌルゲーだよな。

「ふふっ、なにそれ。それじゃあまるで最近まで平和じゃないところにいたみたいじゃん」

　俺の声を耳ざとく拾ったハスミンがおかしそうに笑う。

「ま、平和なのはいいことだろ？」

「それは否定しないかな。じゃあ織田くん、平和な学校で改めてこれからよろしくね」

「こちらこそ改めてよろしくなハスミン」

　ハスミンとのちょっとしたやりとりを終えたところで、

「よし、全員席を移動し終わったな。おしゃべりはその辺にしてホームルームを始めるぞ」

　担任の先生の鶴の一声によってホームルームが始まった。

二学期最初のホームルームではまず今期のクラス委員や係を決めることになったんだけど、その一番最初のクラス委員決めが難航していた。

理由は簡単、誰もクラス委員に立候補しないからだ。

クラス委員はクラスをまとめる代表者——と言ってもそれは名ばかり。

何か権力があるわけでもなく、仕事といえば先生に言われて職員室までプリントを取りに行ったり、授業の始めと終わりの号令をかけたり。

さらには月に一度のクラス委員会議に出席したり、何か決める時には司会をやったりと、つまりは実質クラスの雑用係にすぎないので仕方がないんだけど。

(誰かやりたい人がいたらと思って一応様子見をしてたんだけど、どうやら希望者はいなそうだな。ならよし、俺がやるか)

五年間の戦いの中で、俺は平和な日常の大切さを痛感した。

当たり前のように学校に通えることの価値も理解した。

魔王との熾烈(しれつ)な戦いで国力が激しく弱体化していた『オーフェルマウス』では、一二歳を迎えた子供は貴重な労働力として農作業や軍需品生産といった生産活動に従事させられていて、学校には通えなかったからだ。

だからまたこうやって平和な高校生としての生活を送れるのなら、クラス委員を始めとして色んなことを積極的にやってみたいと俺は考えていた。

「はい！　誰もいないなら、俺がやりたいです」

教室の一番隅っこの席でハキハキと大きな声で言いながら挙手した俺に、教室中の視線が集中する。

朝教室に入って来た時と同じように、クラスメイトたちは「なんだこいつは？」みたいな目をしていた。

「ほう、織田か。休み前とはすっかり雰囲気が変わったな？　じゃあ他に誰もいないようなら織田にやってもらうとするか。誰か他に立候補する者はいないか？　今ならまだ間に合うぞ？」

担任の先生がそう言ってクラスを見回しながらしばらく待つものの、もちろん異論なんて出るはずはない。

クラス委員なんて面倒なだけの雑用係を進んでやりたい高校生なんて、普通はいないからな。

みんな、どうぞどうぞといった様子で俺に視線を向けている。

「じゃあ二学期のクラス委員は織田にやってもらう。頼んだぞ、織田」

というわけで、俺は晴れて一年五組のクラス委員に就任した。

「クラス委員に決まった織田です。全員が気持ちよく学校生活を送れるようにがんばりますので、二学期の間よろしくお願いします」

前に出て簡潔に就任の挨拶をすると、

「じゃあ後は織田に任せるから、副クラス委員と係を決めていってくれ」

初めての仕事として先生からホームルームの司会を引き継いだ。

「では続いて他の委員と係を決めたいと思います。副クラス委員の立候補はありませんか？　規定によりクラス委員が男子の場合は、副クラス委員は女子がやることになっています」

昨今流行(はや)りのポリコレ的にどうかと思わなくもないものの、実際問題、体育を筆頭に男女別の授業はあるし女子特有の問題なんかもあるので、これに関しては必要な区別だと俺は思っている。

しかし俺の声に女子は皆、一様にうつむいてしまった。

（そりゃそうだよな、面倒くさいだけだもんな。あ、もしかして俺と目が合ったら指名されるとか思ってるのかな？）

もちろん実質雑用係のクラス委員にそんな強権的かつ独裁的な権限はないし、誰もいなければ抽選をすることになるだけなんだけど。

（もしくは俺と一緒にクラス委員をやるのが嫌って線もあるか。傍(はた)から見れば俺は二学期にいきなり高校デビューをかました陰キャ君だもんな。そんな俺と一緒に副クラス委員を

やりたいと思う女子がいないのは当然といえば当然か）

逆に、例えば男子陽キャグループのリーダーでバスケ部の一年生レギュラーの伊達くんがクラス委員なら、我先にと次々に女子の立候補があったことだろう。

そういう意味では俺じゃないほうが良かったのかもな。

ま、今さらだけどな。

さてと。

誰も立候補はしないみたいだし、無駄に時間を使うくらいならさっさと抽選で決めてしまうか。

選ばれた女子は運が悪かったと思って二学期の間だけ諦めてくれ。

仕事はなるべく俺が一人で引き受けるからさ。

なんてことを考えていると、

「じゃあわたしが立候補します」

沈黙するクラスメイトたちの中から突然、ハスミンが手を上げた。

「ええっ、蓮見さんが副クラス委員やるの？」

「蓮見がやるなら俺がクラス委員やってもいいぜ」

「俺も俺も！」

「織田ー、クラス委員代わってくれよー」

学年で一、二を争うほど可愛いと人気のハスミンが立候補したことで、すぐに陽キャ男子たちを中心にざわついた声が上がるものの、生徒だけでの話し合いならいざ知らず、担任がいる前で正式に決まったことが今さらひっくり返ることなどなく、他に立候補もなかったことからハスミンが副クラス委員となった。

「ハスミン、立候補してくれてありがとう」

「ううん、わたしが勝手に立候補しただけだから修平くんに感謝されるようなことじゃないし」

小声で感謝の言葉を伝えた俺に、ハスミンも小声で言いつつ微笑みながら胸の前でパタパタと両手を軽く左右に振る。

「いやほんとに助かったから。あのまま誰も立候補がなくて抽選になったら、俺を恨む女子が一人生まれちゃっただろうからさ」

「ふふっ、それはちょっとあったかも？」

「だろ？」

「あと正直に言うと、急に雰囲気が変わった修平くんに引っ張られちゃったのもあったかな？　クラス委員になったのが修平くんだったから、つい手を上げちゃったっていうか……えへへ」

ハスミンが恥ずかしそうに小さく笑う。

「ついでもなんでも、俺が助かったのは事実だからさ」

「だいたい助かったって言ったら、修平くんにはわたしのほうが朝に助けてもらったばっかりなんだよね」

「だからあんなのは全然大したことはないんだってば」

「じゃあ朝のと今のでトントンってことで。これで貸し借りは綺麗さっぱりなしってことで、ね？」

「そういうことなら。じゃあお隣さんに続いてクラス委員でもよろしくな」

「こちらこそ。でもわたしってあんまりクラス委員とかになったことがないんだよね。だから頼りにさせてもらうからね？」

小さく笑いながら言ったハスミンに、

「任せてくれ、頼られるのは大の得意だ」

俺は自信満々に答えた。

「えっ？」

途端にハスミンが目を丸くする。

おっとと。

つい反射的に勇者時代の反応を返してしまった。

「ああいや、それくらいやる気があるってこと」

「あ、そういう意味ね」

　俺はハスミンとの会話をいったんそこで切り上げると、ホームルームの司会を再開する。

「それじゃあ次は係を決めていくから、俺が司会をしてハスミンはみんなに分かりやすいように板書してもらっていいかな？　俺は先生に提出する用紙に、決まった人の名前を書いていくから」

「任せて、字を書くのは大の得意だから」

　ハスミンが俺のセリフを真似しながら小悪魔っぽく笑った。

　言葉の通り黒板に係と名前を書いていくハスミンは、字を書くのが大得意と自分で言うだけあってとても綺麗な字をしている。

　長らく見ていなかった綺麗に書かれた文字を見て、俺はまたどうしようもないほどに平和を感じてしまう。

（綺麗な字を書く余裕があるっていいことだよなぁ）

『オーフェルマウス』は長年にわたる魔王軍との戦争で、経済・文化ともに疲弊しきっていた。

　戦時体制が敷かれていたこともあって平民の学習機会はほとんどなく、庶民の識字率は一〇％を切るありさまだった。

　エリート層にしても字を綺麗に書くよりも先にすることが山ほどあり、だから字を綺麗に書くという能力は全く必要とされていなかったのだ。

エリート層ですらぶっちゃけ読み書きができればそれでいい。

実際、女神に仕える高位神官のリエナですらかなり字が汚かったしな。

まぁリエナ本人は、

『魔法陣を描くのに必要な古代神性語・ハイエーログリーフは綺麗に書けるから問題ありません。それに勇者様だって字は汚いじゃないですか』

とかそんなことを言っていたけども。

向こうの世界は一事が万事そんな風だったから、ハスミンの綺麗な板書を見て俺は割と本気で感動してしまったのだ。

あと、字が綺麗な女の子はお淑（しと）やかそうで個人的に好きだ。

自分がそんなに字が綺麗じゃないから、自分にないものを持っている相手に魅力を感じてしまうっていうか。

それはさておき。

その後は特に問題もなくトントン拍子で係が決まっていき、今日は授業もないので夏休みの宿題を提出すると、そのまま俺たちは放課後へと突入した。


放課後。

「先生、ここに置いておきますね」

「ご苦労だったな織田。クラス全員の全教科分の宿題だから、とても一人では運べなくてな」

「いえ、先生のお役に立てて良かったです」

「これで帰りにジュースでも買って帰りなさい」

「ありがとうございます」

小さく礼をしてから小銭を受け取る。

クラス委員になってから初めての仕事として、回収したクラス全員分の夏休みの宿題を何往復かして職員室に持っていった俺は、学校を出て帰路についた。

出る前に購買部の自販機で買ったドリンクを飲みつつ、のんびりと景色を眺めながら魔獣が襲ってこない平和な通学路を歩いていく。

「ほんと日本は平和だなぁ……」

朝登校した時は教室の場所とか、体感で五年と一か月（異世界五年＋夏休み一か月）会っていないクラスメイトの顔とか名前を思い出しながら歩いていたし。

ハスミンを助けてからは会話に花を咲かせていたから、あんまり景色は眺めてなかったんだよな。

ちなみに買ったのはコーラだ。

「あー、美味(うま)い……久しぶりのシュワっとしたのど越しだよ。向こうの世界はビールはあったけど、ノンアルコールの炭酸飲料がなかったんだよな」

ビールは一度だけ興味本位でちょろっと飲んでみたら死ぬほど苦くて、泣きそうなほどに不味(まず)かったので、それ以降一度も飲むことはなかった。

だから実に五年ぶりとなる炭酸飲料ののど越しは実に爽快で。

「コーラが飲める幸せ、プライスレス……」

平和な日本に戻ってきたんだと俺はしみじみと実感していた。

そのままコーラ片手に景色を見渡しつつ、俺はのんびりと歩いて家に帰った。

異世界からの帰還一日目は、こうして特に大きなトラブルもなくつつがなく終了した。

不良二人組からハスミンを助けたことは、俺的にはトラブルなんて仰々しく呼ぶに値しない。

「さすが日本。世界一治安のいい国は伊達じゃないな」

ちなみに夜にハスミンから連絡があるかなとちょっと期待したんだけど、特にそういったことはなかった。

まぁ世の中はそんなもんだ。

なにせみんなの中の俺は『あの勇者シュウヘイ＝オダ』ではなく、夏休み明けに突然高校デビューをかました冴えない陰キャなのだから。

逆に俺から連絡するのは、ハスミンに不良に絡まれたことを思い出させるかもしれないのでやめておいた。

俺にとっては大したことはなくても、か弱い女の子にしてみればあの経験はかなり怖かっただろうし、ハスミンも今日の朝のことはなるべく思い出したくないはずだ。

元陰キャだけあって、正直俺はあまり女心が分からない。

でもこれくらいの気配りならばそんな俺でもできるのだから。

わたし――蓮見佳奈は自室のベッドに寝転びながら、天井を見上げていた。

小さい頃から見慣れた天井の壁紙を見ながら、わたしは今日の帰り道でのことを思い返す。

『蓮見さん、どうしたの？　なにか揉めごと？』

金髪の不良たちにしつこくナンパされて困っていた時、颯爽と現れて助けてくれた同じクラスの男の子――織田修平くん。

周りの人がみんな見て見ぬふりをして足早に通り過ぎていく中、彼だけは――修平くんだけは当たり前のようにわたしを助けに来てくれたのだ。

修平くんは金髪の不良とケンカ腰でやり合っている時は少しだけ怖かったけど、その後はすごく優しい笑顔で話しかけてくれた。

「なんだか前までとは印象が違うよね……って言っても前の修平くんがどんな男の子だったのか正直あんまり記憶にないんだけど。本人は夏休みに正義の心に目覚めて一念発起したって言ってたっけ……」

正義の心ってどないやねん！

心の中で思わずツッコミを入れてしまう。

「でもすごくハキハキしゃべるようになってたし、みんなが嫌がるクラス委員にも立候補してたし、ほんと一か月で男の子ってこんなに変わるんだ……」

男子三日会わざれば刮目して見よ。

大好きな三国志の有名なセリフをふと思い出す。

同時に「なんかいいな」というなんともむず痒い感情が自分の中にあることに、わたしは気付いてしまっていた。

ラインの交換もしたし、話の流れでハスミン・修平くんと呼び合うことにもなった。言われちゃったし。しかも『佳奈ね、了解。素敵な名前だね』とかさらっと言われちゃったし！」

（素敵な名前だって。ふふっ、素敵な名前なんだって……）

「修平くん……」

その名前を呼ぶだけで、なんだかどうしようもなく嬉しくなっている自分がいて――。

この気持ちはなんだろう？

遠足の前日のワクワク感のような、なんとも言えない高揚感だ。

「そうだ、ラインしてみようかな？　助けてもらったんだから、もう一回くらいお礼を言っておいたほうがいいかもだし。改めてお礼をするのは別に変じゃないよね？」

わたしはベッドの上に置いていたスマホを取ろうとして――。

でも『俺と連絡先を交換しても連絡することはないんじゃないかな？』と言われてしまったのを思い出す。

あの反応は「俺たちは連絡するような仲じゃないだろ」って言外に言っている気がしなくもなかった。

「うーん、よく考えたらわたしたちって、もう二学期なのに今日初めて話しただけの関係なんだよね。なのに夜に連絡したらウザいって思われちゃう可能性が高いかぁ」

事実、今の今まで修平くんからの連絡はない。

つまり修平くんにとって、わたしは取り立てて大した存在ではないのだろう。

たまたま通りかかったから助けただけ。

多分わたしじゃなくても同じように助けたはずだ。

「そうだよね。そういうのはもうちょっと仲良くなってからにしよっと」

そう結論付けるとわたしはスマホを枕元に置いてベッドに身体を投げ出した。

うーんと大きく伸びをする。

「アレクサ、電気消して」

部屋の電気を消すとすぐに心地よい睡魔が襲ってきて——。

「久しぶりの学校は疲れたぁ……でも楽しかった……えへへ」

修平くんの笑顔を瞼(まぶた)の裏に思い浮かべながら、わたしはぽかぽかとした気持ちのまますぐに寝入ってしまったのだった。

第二章　帰還勇者のリ・スクール

Episode.2

九月二日、俺の五年ぶりのお勉強生活が始まった。

しかし女神アテナイの加護を受けている俺にとって、高校の授業はベリーイージーだ。

例えば英語の授業。

「じゃあこの部分の日本語訳と、この英文を通して作者が言いたい要点を……織田（おだ）」

英語教師に指名された俺は、シャキッと起立すると訳文を読み上げる。

「はい！　訳は『もし誰かが世界最強のディープ・ブルーにチェスで勝てるとしたら、それはこっそりコンセントを抜いた時だろう』です」

「ふむ、正解だ」

「そしてこの英文全体で作者が言いたいことは、『人間がまともに勝負しても相手にならないほどにコンピュータの性能は今やめざましく進化している』ということです。ちなみにディープ・ブルーは当時の最先端スーパーコンピュータの名前です」

「よく調べてあるな、訳も意味も完璧だ」

「ありがとうございます」

俺が着席すると隣の席のハスミンが「すごっ!?」って顔で見つめてくる。

ちなみに俺は英語が得意というわけではない。

むしろ英語は最も苦手な教科の一つ「だった」。

しかし今の俺には女神アテナイの加護があった。

女神アテナイは異世界『オーフェルマウス』の総合神だが、元々は愛と知の女神だったらしい。

知とはつまり知識。

だからその加護を受けた俺は、英語を日本語と同じ感覚で扱うことができるのだ。

本来これは『オーフェルマウス』に転移した時に、意志疎通ができるように与えられた常時発動スキルなのだそうだ。

最初っから常に発動しっぱなしのためスキルの名称すらない。

もしかしたら名前くらいはあるのかもしれないけど、少なくとも俺は知らなかった。

そのスキルが俺が異世界から帰還したことでこの世界に持ち込まれて、どんな言語でも理解できるスーパーチートになってしまったというわけだ。

しかも単純に言葉の意味を理解できるようになるだけじゃない。

数式への理解力までもが格段に向上しているため、数学なんかも教科書をペラペラと捲（めく）

って軽く眺めただけで、すべて完璧に頭に入ってきてしまうのだ。

昨日の夜、予習をしようと思ってびっくりした。

高校の勉強なんて五年ぶりにやったはずなのに、英語や数学が小学校の算数よりも簡単に理解できてしまったから。

(このチートスキルは学歴社会で生きる日本人にとって最強チートだよな。常時発動していて俺の意思じゃオンオフできないから、ズルしてるって感覚もあんまりないし)

これはもう、俺に与えられた才能としてありがたく使わせてもらおう。

マジでこれさえあれば東大や京大にだって入れるんじゃないか？

別に東大や京大に特段行きたいわけではないんだけども。

「修平(しゅうへい)くんって頭いいんだね」

そんな俺に、ハスミンが視線は前に向けたまま、教科書で口元を隠して小声でこっそり話しかけてきた。

「割とな」

同じように俺も教科書で口元を隠しながら言葉を返す。

チートのおかげとはいえ、ハスミンみたいな可愛(かわい)い女の子に褒められるのは嬉(うれ)しい。

「いいなぁ、頭良くて」

「そう言うハスミンも勉強は得意なんだろ？」

確か一学期の期末テストで、毎回張り出される成績上位者一覧に蓮見佳奈という名前があったはず。

俺の中ではもう五年前の出来事なんでかなりあやふやだったんだけど、美人で人気者なのに勉強までできるなんてすごい人だなぁとかなんとか、そんなことを思ったような記憶がかすかにあった。

「わたしは得意っていうよりも、どっちかっていうとガリ勉タイプだから、実はついてくので精いっぱいなんだよね。でもいい大学に行って公務員になりたいから、勉強はしないとだし」

「努力家なんだな」

「意外でしょ？」

ハスミンは横目で可愛くウインクすると再び授業に集中し始めた。

（一生懸命勉強して成績を上げてる人を見ると、チートのおかげで勉強がめちゃくちゃ簡単でラッキーとか思ってた自分が、ちょっと申し訳なくなるな）

でもま、このスキルに関しては俺の意思でどうにかなるもんでもないし、異世界を救った勇者なんだからこれくらいの特典はあってもいいと思うことにしよう。

俺は英語に限らず、数学、国語、古文・漢文、化学、世界史ｅｔｃ．…を余裕綽々でクリアさせてもらった。

だがしかし。

英語なんて目じゃないくらいに、元勇者の俺がぶっちぎりで無双したのが体育の授業だった。

二学期前半の体育のカリキュラムは、主に体育館でのバスケットボールだ。

今日はコートを二面取って、片方は男子、もう片方では女子の試合形式の授業が行われていた。

男女ともに三チームずつ作って、ローテーションで二チームが対戦、一チームが休憩がてら審判をする。

そしてうちのクラスにはバスケ部で一年生の夏からレギュラーを獲(と)った、身長一八〇センチを超える爽やかイケメンの伊達(だて)くんがいた。

なのでチーム分けで伊達くんが入らなかった俺のチームメンバーは、端から勝つのを諦めていたんだけど、俺だけは違った。

(相手の得意分野だろうが、俺はやる前から負ける気はないぞ。そして戦闘用の勇者スキルはいっさい使わず、純粋な身体能力だけで勝負する——!)

というか身体能力を大幅に強化する『女神の祝福(ゴッデス・ブレス)』なんかを使った日には、二〇メートルとか軽く跳んじゃうからな。

センターラインから助走なしでダンクを決めたりしたら、さすがにまずい。

超高校生級とか余裕で通り越して、もう人間を辞めちゃってるレベルだ。

ってなわけで、俺は伊達くんとマン・ツー・マンでマッチアップすると、この五年で鍛え上げた身体能力をいかんなく発揮して勝負を挑んだ。

「甘い！　右だ！」

実戦で鍛え上げた超絶反射神経でドリブルを簡単に止めると、

「よっと！」

抜群の跳躍力で、身長で勝る伊達くんのシュートをブロックする。

さらには、

「もらった！」

駆け引きを読み切ってパスカットしてターンオーバーすると、一気にドリブルで敵陣に持ち込み、

「おおぉぉ――っ！」

フリースローラインから大跳躍のエアウォークで中空を駆けると、そのまま豪快なダンクを叩き込んだ！

とまぁ終始そんな具合で、試合は俺の大活躍によって下馬評を覆した俺たちチームの圧勝に終わった。

「マジかよ……？　どうなってんだ……？」

試合後、伊達くんがぽかーんと口を開けて呆然自失で俺を見つめてくる。

さらには隣のコートの女子たちが、自分たちの試合そっちのけで感想を言って盛り上がっているのが聞こえてきた。

「ねぇねぇ、伊達くんて一年生でバスケ部のレギュラーになったんでしょ？　その伊達くんに勝っちゃう織田くんってマジすごくない⁉」

「ヤバみ〜」

「うんうん！　織田くんが運動神経こんなに良かったって知らなかったし！」

「しかも私気付いたんだけど、織田くんってかなり細マッチョだよね？」

「さっき腹筋見えたけどバキバキに割れてたよ？」

「二学期に入ってから明るくて爽やかだし」

「あれ？　織田くんって結構良くない？」

「だよねー」

「ねぇねぇハスミン。ハスミンって織田くんと席が隣だしクラス委員と副クラス委員だし、最近よく織田くんと話してるよね？　織田くんがどんな人か教えてよ？」

「えっ⁉　わ、わたし⁉」

その場のノリもあるのだろう。

　やや過剰評価気味に盛り上がる会話の輪から少し距離を取っていたハスミンが、急に話を振られたからかびっくりしたような声を上げる。

「え、なにその反応？　なんでキョドってるの？」

「べ、別になんでもないし？　だいたいわたしだって修平くんとそこまで仲いいわけじゃないから。ただの友達だもん」

「修平くん？」

「え、あ、う、うん……」

「ねぇねぇみんな聞いた!?　修平くんだって！」

「おいおいハスミンさんや、男子を名前で呼ぶとか、ただの友達どころかとっても仲がよろしいんじゃないですかな？」

「あれ、なんかハスミンの顔赤くない？　え、もしかしてハスミンって――」

「ち、違うし！　わたしが修平くんを好きとか勝手なこと言わないでよね」

「あれれ〜？　おかしいなぁ〜？　私まだ何にも言ってないんですけどぉ？」

「ハスミンって織田くんのことマジすきぴ的な？」

「〜〜〜〜っ!!」

　俺とのことでからかわれたハスミンの顔が真っ赤になる。

　まったく女子ってほんとなんでも恋バナに結び付けようとするよな。

ハスミンみたいな人気者の女の子が、突発高校デビューをかました元・陰キャを急に好きになったりするわけないじゃないか。

「こら女子！　織田がすごいからって男子のほうばっかり見てるんじゃない！　今は授業中だ、ちゃんとそっちも試合をしろ！　全員まとめて減点するぞ！」

「「「はーい、すみませんでした〜！」」」

自分たちの試合そっちのけで男子の試合を観戦して盛り上がっていた女子たちが、体育の先生に怒られて試合を再開する。

そして体育の先生は女子を静かにさせると、休憩がてら審判をしていた俺のところへとやってきた。

「織田、ちょっと話いいか？」

「なんでしょうか」

「えらく上手かったが、お前部活かなにかでバスケをやってたのか？」

「いえ、ずっと帰宅部です。バスケは体育の授業以外ではやったことはありません」

「とてもそうは見えなかったが……実は運動神経が良かったんだな。一学期はそうでもないと思ったんだが、俺が見落としていたか」

首を傾げる体育の先生。

これはあれだな、陰キャあるある『意外と先生はしっかり見てくれている』だな。

もちろん先生は仕事として生徒全員の成績をつけないといけないから、陰キャであろうと見ているのは当然といえば当然なんだろうけど。

それでも生徒の間ではとかく影が薄く名前くらいしか覚えられていない陰キャとしては、ちゃんと一人の生徒として見てもらえていることが地味に嬉しいんだよな。

「夏休みに一念発起して身体を鍛えました。その成果だと思います」

怪訝(けげん)な顔をしている体育の先生に、俺はもはや定番となった言い訳で答える。

「そうだったのか。性格も明るくなったみたいだし、やる気があるのは良いことだぞ。高校生の間はなんでも積極的に挑戦してみるといい。いくらでも失敗できるのが若者の特権だからな」

「はい」

「この調子でがんばれよ。このまま真面目にやれば通知簿は五をやるからな」

「ありがとうございます、期待に応えられるようこれからもがんばります」

その後も俺は魔王との戦いで磨いた運動能力をいかんなく発揮して、バスケの授業で無双した。

「なぁ織田」

そんな俺に授業が終わってすぐ、爽やかイケメン陽キャの伊達くんが話しかけてきた。

「なんだ？」

恥をかかせやがって、とかそういう恨み言でも言われるのかと思ったら、

「マジすごかったなお前！　なぁなぁ、今からでもバスケ部に入らないか？　お前なら速攻でレギュラー間違いなしだぜ！　つーかなんだよあれ、完全に高校生のレベルを超えてたぞ⁉　フリースローラインからエアウォークとかお前NBAプレーヤーかよ⁉」

伊達くんはまるで自分のことであるかのように嬉しそうな顔をして、早口で捲し立てるように熱弁を振るい始めたのだ。

そう言えばそうだった。

伊達くんはイケメンで背が高くて、スポーツもできてバスケ部の一年生レギュラーで。

さらにはちょっと勉強が苦手なところが、またそれはそれで魅力と女子から評判で。

しかも誰にでも分け隔てなく優しくて面倒見がいいから、男子からも頼りにされている。

つまり男女問わず誰からも好かれる好青年な正義の陽キャなんだった。

「ごめん、俺は部活はしないことにしてるんだ」

「そうなのかぁ。それだけ動けるのにもったいないなぁ」

「せっかく誘ってもらったのに悪いな」

ちなみに部活をやらないのは俺が極度の負けず嫌いだからだ。

もちろん異世界に行く前は陰キャらしく、何かで負けてもヘラヘラ愛想笑いしながら

「ま、俺なんてこんなもんだろ？」って流すような性格だった。

だけど勇者として絶対に負けられない戦いを続けていくうちに、自然と勝ちにこだわる性格に変わってしまったのだ。

そうならざるを得なかった。

だから体育の授業程度ならまだしも、例えば公式戦で負けそうになったら俺は絶対に勇者スキルを使ってしまう。

俺が持ってるものを使って何が悪いんだって言い訳して絶対に使う。

賭けてもいい。

だけどさすがにそれはダメかなって思うんだよな。

それは俺本来の力じゃなくて女神アテナイに貰った後付けの力だから。

なので熱くなる勝負事は、最初からやらないほうがいいと考えていた。

「いやこっちが勝手に言っただけだから気にすんな。でもマジですごかったぞ。すげージャンプ力だったし、反応とかも早すぎてガチでびびった」

「伊達くんもたいがいスゴかっただろ？　さすが夏休み前に一年生レギュラーを獲るだけのことはあると思ったよ」

「サンキュー。ああ、あと伊達でいいよ」

「じゃあ伊達って呼ぶな」

「言っとくけど次は負けないからな？　今日から気合入れ直して練習するから、次の体育を楽しみに待っとけよ？」

「それなら俺も言っておくけど、俺はかなりの負けず嫌いなんだ。やるからには次も勝たせてもらう」

「お、言ったな？　バスケ部レギュラー舐めんなよ？」

俺は伊達と仲良く話しながら教室に戻った。

ついでに着替えの時に連絡先も交換した。

さらには伊達の知り合いの陽キャ男子たちの連絡先までゲットする。

図らずも異世界から帰還してわずか数日で、クラスカーストトップの男子・伊達と、女子・ハスミンと連絡先を交換することになった俺だった。

（俺の新たな学校生活は極めて順調だな。この調子でリスタートしたスクールライフを楽しもう！）

それからも充実した学校生活が続いて迎えたとある金曜日の放課後。

俺とハスミンはクラス委員と副クラス委員として、放課後一時間ほど先生のお手伝いをした後、一緒に学校を出た。

「あーあ、せっかくの金曜の放課後なのに、先生のお手伝いだなんてやっぱりクラス委員の仕事ってめんどくさいかもー」

隣を歩くハスミンが小さなため息交じりにつぶやく。

「ハスミンに用事があったり気分が乗らなかったりする時は言ってくれたらいいぞ。そういう時は俺が一人でやるから」

「用事がある時は分かるけど、気分が乗らない時ってさすがにそれは悪いでしょ？　わたし何様だってば」

「別に俺はそういうのは気にしないから休みたい時は言ってくれ。俺はこれくらいじゃ全然疲れないし」

「さすが鍛えてるだけあって言っちゃうね？　この俺に任せろみたいな？　シュッシュ！」

なぜかシャドーボクシングをしてみせるハスミン。

あまり速くもなくポーズも適当で、猫が構って構ってと猫パンチしてるみたいで絶妙に可愛い。

「そうでなくとも身体の仕組みからして、男子のほうが女子より体力があるしな。だから何かあったら気にせず言ってくれていいよ」

「あはは、ほんと変な人だよね修平くんって」

「？　今のは割と普通の会話だったと思うんだけどな？」

なにか変なところあったっけか？

適材適所って話をしたつもりなんだけど。

「うーんそうだね。変な人っていうかお人好しって感じ？　ほら、この前だって部活で忙しい伊達くんの係の仕事を、自分から言って代わってあげてたでしょ？」

「なんだ見てたのか」

「えっ⁉　ち、違うし、たまたま見えちゃっただけだし！」

ハスミンがなぜか突然、両手を激しく左右に振って大げさに故意性を否定した。

「なんか焦ってる？」

「焦ってなんかないでーす！」

「お、おう、そうか……まぁなんだ、俺は帰宅部で放課後は完全に暇してるからさ。でも伊達は一年でバスケ部のレギュラーだろ？　一年の雑用をやりつつ先輩に交じって練習しないといけないから、すごく忙しいだろうと思ってさ」

そもそも代わってあげたといっても、二〇分もかからない単純作業だったしな。

恩着せがましく言うほどのことでもなんでもない。

「へぇ、バスケ部を見に行ったりしてるんだ？　そういえば最近伊達くんと仲いいもんね」

「いや、バスケ部を見に行ったことはないよ」

「そうなの？　じゃあなんで伊達くんが部活で雑用をやってるって分かるの？　まさか超能力？」

「同じ一年の部活仲間から嫌われてないから、雑用をサボってないってのはある程度想像はつくかな」

「そうなんだ？」

ハスミンが人差し指を唇に置きながら、可愛らしく小首を傾げる。

「だって一年生レギュラーだからって特権みたいに雑用をさぼってたら、絶対に同級生から嫌われるだろ？」

「あ、そっか、なるほど納得だね。でもそれでもやっぱり修平くんはお人好しだと思うよ？」

「どうかな？　俺としてはお人好しっていうより、自分でやれることは自分でやりたい性格だとは思ってるけど」

『オーフェルマウス』は魔王との大戦争で世界的にギリギリのボロボロだった。

だから人類の切り札である勇者の俺へのサポートですら、足りてないところがよくあったのだ。

そういうこともありやれることは何でも自分でやるようになったし、手が空いてるなら代わりにやるってのも身体に染みついちゃったんだよな。

一緒に旅したリエナも高位神官って肩書きの割に、森で食べられる木の実を見分けたり、薬草を探したり、野営の時に粗末な食材をそれなりに美味(おい)しく調理してみせたり。

他にも馬車の御者をしたり、空模様から天気を予想したり、偽金貨を見破ったりと、ほんとなんでもマルチにこなしていたし。

（そうそう、異世界転移した最初の頃の俺は何もできなくて大変だったんだよな。米を炊いてくださいってリエナに言われて、炊飯器はどこにあるんだって聞き返したのはいい思い出だ）

もちろんあっちの世界に炊飯器なんて文明の利器はありはしない。

「そっかー。修平くんならなんでもやれるだろうから、たいていのことは誰かに頼むより自分でやったほうが早く終わっちゃうのかもね。あーあ、勉強もできて運動もできていいなー、うらやましいなー」

「あはは、ありがと」

「クラスの女子もみんな言ってるよ、『織田くんはすごく頼りになる』って」

「女の子に褒められて悪い気はしないかな」

クラスメイトにも少しずつ新しい俺が認知されつつあるんだろう。

しかも俺の主観じゃなくて、より客観的なハスミンの口からそれを知ることができた。

「そうだ修平くん、せっかくだし寄り道していかない？」

「今からか？　もう結構遅い時間だけど」

「明日って学校休みでしょ？　せっかくだからクラス委員と副クラス委員の親交を深める

会をやる的な？」

「そう言われると断る理由はないかな」

「じゃあ駅前のカフェに行こうよ。実はね、ケーキセットの半額クーポンがあるんだ。しかも二人分、どやぁ！」

ハスミンが財布の中からでかでかと「半額！」と書かれた券を取り出して見せてくれる。

「さすがハスミン、甘い物には目がないスイーツ女王の異名は伊達じゃないな」

「ちょっとやめてよね、それじゃわたしが大食い女子みたいじゃん。っていうか誰が言ってるのそれ？　もしかして修平くん適当に言ってない？」

ハスミンは笑いながら言ったんだけど、

「新田(にった)さんだよ」

ハスミンと同じグループでいつも仲良さそうに話している新田さんが、たまたまそう言ってたのを聞いてたんで、俺が正直に発言者の名前を言うと、

「…………」

ハスミンは笑顔から一転、黙り込んでしまった。

(げっ、しまった。どうやらハスミン本人はこの呼び名をご存じなかったらしい。新田さんも馬鹿にするような感じじゃなかったから、当然本人公認だと思ってたのに)

「一応言っておくけど、馬鹿にするような感じじゃ全然なかったからな？」

「う、うん……」

「あと、俺は甘い物が大好きだから、今日誘ってもらえて最高に嬉しいぞ？」

「うん……」

「ってことで早く行こうぜ、なっ？」

元気づけるようにハスミンの肩を軽くポンと叩く。

「あの、修平くんって大食いの女の子は……嫌い？」

俺の顔色を窺うように、上目づかいでおずおずと尋ねてくるハスミン。

「そんなことはないぞ？　むしろよく食べる元気な子は好きなタイプかな」

「ほんと……？」

「ほんとだよ。俺も食べるのは好きだから。っていうか急にそんなこと聞いてきてどうしたんだよ？」

「ううん、なんでもないしー？　ほら、早く行こっ♪」

「お、おう」

最後に若干微妙な失言をしたせいでハスミンをどんより暗くさせてしまったものの、いつのまにかハスミンは朗らかな笑顔に戻っていて。

俺たちは再び和気藹々と話をしながら、目的地である駅前のカフェへと向かった。

あまり開発が進んでいない古びた駅前で、他とは一線を画すオシャレな看板を横目に入店すると、案内された四人席にハスミンと対面で腰を下ろす。

　真ん中にメニューを置いて、二人で覗き込むように見始めた。

「うわっ、今日限定で秋の新作ケーキ候補の試作が二つもあるんだって。しかもどっちも半額クーポン対象だし」

　ハスミンがメニューに挟まった新作の紹介に目を止める。

「ハスミンの日頃の行いが良かったんだな」

「うんうん、さすがわたしだよね。とりあえずこのどっちかにしよっと」

「せっかくだし俺もそうするか」

「でもでも、どっちにしようかなぁ。トリプルベリーケーキも和栗モンブランケーキもどっちも美味しそうだし。うーん、悩む……」

　ハスミンが人生の岐路に立っているかのごとく真剣な顔で悩み始めた。

「ならいっそのこと両方頼むとか？」

「さすがにそれはね。カロリーが気になっちゃうし」

「もしかしてダイエットしてるのか？」

「ダイエットってほどじゃないんだけど、人並みには気を付けてる感じかな」

「ハスミンはスタイルもいいのに、やっぱり女の子っていろいろと気を使ってるんだな」

　ハスミンはどことは言わないが出るところは出ているのに、腰はキュッと括れている。

ダイエットなんて必要ないように見えるんだけども。

「そうそう、女の子は大変なんだから。っていうか女の子にそういう事情を根掘り葉掘り聞くのはどうかなって、わたし思うんだけどなぁ？」

ハスミンがジト目を向けてくる。

「今のは俺が悪かった。ごめん、この通りだ」

俺はすぐさま両手を合わせて謝罪した。

女の子のダイエット事情を聞くのがデリカシーに欠けているのは、いちいち論ずるまでもない。

「あはは、冗談だってば。真に受けちゃってー。わたしと修平くんの仲じゃない」

しかしハスミンはすぐに、してやったりって顔で笑い出す。

どうやら一杯食わされたようだ。

仲良くなって初めて知ったんだけど、ハスミンって結構お茶目（ちゃめ）だよな。

「俺たち、十日前くらいから話すようになった仲だよな？」

「残念、席が隣で一緒にクラス委員やって名前で呼び合う仲でーす」

「そう考えると俺の高校デビューはなかなか順調だな」

わずか十日でこれだ。

「なぜか二学期からの遅れた高校デビューだけどね、ふふっ」

俺の言葉にハスミンがくすくすと小さく笑った。

「話が逸れたな。とりあえずケーキを何にするか決めないと」

「そうだったね、ケーキをどっちにするか決めないとだよね。うーん、うーん……」

ハスミンがうんうん唸りながら再びメニューとにらめっこを開始する。

真剣な表情でどうにも決めかねているようだったので、俺は試しに提案をしてみた。

「じゃあ新作候補を二人で一個ずつ頼んで、半分こするってのはどうだ？」

「え、いいの？」

「俺は全然構わないよ。それにそうしたら俺も二種類の新作ケーキが食べられるわけだろ？　俺もどっちにするか悩ましいところだったんだよな。どっちも美味しそうだからさ」

「修平くんが甘いものが好きって本当だったんだね」

「もちろん本当だ、ケーキならいくらでも食べられるぞ？」

（なにせ向こうの世界じゃ、甘いものは滅多に食べられなかったから）

甘いものよりも栄養価の高いものや、腹の膨れるものの生産が優先されていた『オーフエルマウス』では、砂糖はかなりの高級品だった。

だからさっきケーキセットの半額クーポンと聞いて、俺は内心小躍りしそうになったのだ。

改めてサンキューな、ハスミン。

「じゃあ二人で一個ずつ頼んで、半分こね？」

「交渉成立だな」

「セットのドリンクは何にするか決まってる？」

「今決めた」

「じゃあ店員さんを呼ぶね。すみませーん、注文でーす」

ハスミンが大きく手を上げてフロアスタッフを呼んだ。

「えっと、今日限定の新作候補の三種のベリーケーキセットと和栗モンブランケーキのセットを一つずつで。ドリンクはホットの紅茶をストレートでお願いします。修平くんはドリンクはなんにするの？」

「俺はアイスコーヒーで、ミルクと砂糖を一つずつお願いします。注文は以上で」

「かしこまりました。試作の三種のベリーのセットと和栗モンブランケーキのセットをお一つずつ。ホットの紅茶とアイスコーヒー、ミルクと砂糖はお一つずつですね。少々お待ちくださいませ。すぐにご用意いたします」

フロアスタッフのお姉さんは流れるように復唱すると、一礼して上品に去っていった。

（こう言うところは日本はほんと丁寧だよな）

『オーフェルマウス』ではこれだけ丁寧な対応をされるのは、王宮に行くか王侯貴族の屋敷にでも呼ばれない限りはありえなかった。

ほんと平和っていいよな。

礼節に力を入れる余力があるってことだから。

その後、ハスミンと学校であったこととかをダべっていると、すぐにケーキが運ばれてきた。

ハスミンが早速、和栗モンブランケーキにフォークを刺して口に運ぶ。

「いただきまーす……ん〜〜美味しい！　濃厚な栗の味♪」

「それは良かったな」

満足そうにケーキを食べるハスミンの笑顔は本当に幸せそうで、見ているだけでこっちまで幸せになれそうだ。

「あれ？　修平くんは食べないの？」

「俺が先に手を付けるとハスミンは嫌かなと思ってさ」

「え……、あっ！　えっと、あの、えへへへ……そういうことね。でも嫌ってことは……ないし？」

「そうか？　遠慮せずに正直に言ってくれていいぞ」

「遠慮なんてしてないし……あ、それじゃあさ、もういっそのことこうしない？」

なぜかハスミンが急に背筋を伸ばした。

しかも顔が真っ赤になっている。

このお店はエアコンが効いてて快適だと思うけど、ハスミンは結構暑がりなのかな？

「どうしたんだ？　顔が赤いけど暑いのか？」

「違うし！　こほん、ちょっと待ってね」

そう言うと、ハスミンは和栗モンブランケーキを小さく切ってフォークで刺した。

それを俺の顔の前まで持ち上げると、

「はい、あーん♪」

左手を下に軽く添えながら俺の口元に差し出してきたのだ。

意図を察した俺はそれをパクッと咥える。

すぐに濃厚なマロンクリームが口いっぱいに広がっていった。

「これは美味しいな、栗の上品な旨味が甘さに負けてない。しかも和栗のわずかな苦みがいい感じに舌の上でワンポイントで主張して味を引き締めてるんだ。これは大当たりだよ、いい仕事してる」

俺は甘党フレンズとして、和栗モンブランケーキをしっかりと味わって感想を言ったんだけど。

「……なんか意外と躊躇なく食べたね？　ちょっと想定外っていうか。もしかして修平くん、女の子に食べさせてもらうのって結構慣れてるの？」

なぜかハスミンが冷めた目を向けてくる。

「いや初めてだよ。単に物怖じしないだけ」

しつこいようだけど、俺は異世界で魔王を倒す命がけの旅を五年もやったのだ。

異世界転移前の陰キャ時代ならまだしも、あーんしてもらって恥ずかしがるような豆腐メンタルはとっくの昔になくなっている。

「ほんとかなぁ？」

「ほんとだってば。それに嬉しかったしな」

だけど、だからといって嬉しいとかそういった感情がなくなったわけじゃない。

湧き上がる感情を、冷静に理性でコントロールできるようになったと言えばいいだろうか。

唯一、勝負事だけは熱くなりがちではあるんだけど。

「嬉しかったんだ……そっかぁ……」

「そりゃ俺も男だからな。可愛い女の子にあーんしてもらったらそりゃ嬉しいに決まってるさ」

「可愛いって……」

「事実だろ？　ハスミンはかなり可愛いと思うぞ」

「だからそういうこと平然と言っちゃうし……修平くんのばーか」

とか言いながらまんざらでもなさそうに、もう一度切り分けた和栗モンブランケーキを差し出してくるハスミン。

緊張して顔を赤くしながらおずおずと差し出すところが、なんていうか素直に可愛いと思った。

（こういう感情を平和に持てる日本って、やっぱりいい国だよな。しかもハスミンはとびっきりに可愛いわけだし）

しみじみと実感しながらハスミンとケーキセットを食べさせ合いっこしたのだった。

この日以来、俺とハスミンはいい感じの仲というか、別に付き合ったりはしていないんだけど、かなり頻繁に一緒に帰ったりするようになった。

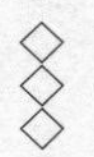

日曜日。

俺は最寄駅から三駅隣の駅前にあるショッピングモールに遊びに来ていた。

過酷な異世界にいたこともあって、もう長いこと大型商業施設には来てなかったからな。

休日は特にすることもないし、ちょっとブラブラしてみようと思い立ったわけだ。

買いたいものが特にあるわけではなかったものの、適当にウインドウショッピングでもして回ろうと思っていると、

「あれ？　修平くんじゃん。ちゃお〜」

「おっ、ハスミン。こんなところで奇遇だな」

ショッピングモールに入ってすぐの五階くらいまで吹き抜けになった広場で、まるで狙ったかのようにハスミンと遭遇した。

今日は学校が休みなのでもちろんハスミンも私服だ。

薄緑のミニのプリーツスカートに白のブラウス。

シンプルに可愛い。

制服姿も魅力的だけど私服はさらにいいなと思ったのは、最近ハスミンとよく一緒にいるせいで制服姿を見慣れてしまっているからだろうか。

「な、なに……？　どこか変かな？　誰かと会うつもりはなかったから、あんまりおしゃれしてこなかったんだけど……」

ハスミンの可愛さを改めて実感しながら眺めていると、ハスミンが恥ずかしそうに呟いた。

「まじまじと見ちゃってごめん。ハスミンの私服姿って初めてだったからさ、つい見とれてたんだ。すごく似合ってるよ」

俺は謝罪するとともに率直な感想を伝えた。

ほんと、今日は私服姿のハスミンが見られただけでもショッピングモールまで足を運んだ甲斐があったというものだ。

「もう、まーたそういうこと平気で言うし……でもありがと♪　修平くんの私服も落ち着いてていい感じだよ？」

「俺も誰かと会うつもりはなかったから、着慣れたシャツとジーンズなんだけどな」

俺はあまりファッションには詳しくないが、オシャレかどうかという観点で見れば、まず間違いなく赤点だろう。

「ううん、修平くんって結構筋肉質だからこういうシンプルなのが似合うんだよねー。自慢の筋肉をアピールって感じで」

ハスミンが俺の肘の上あたりを、興味深そうにチョイチョイとつついてくる。

「そんなにアピールしてるつもりはないんだけどな」

「そんなこと言って、せっかく夏休みにがんばって鍛えたんでしょ？　積極的にアピールしてもいいと思うよ？」

「アピールって言ってもなぁ。そもそもする相手がいないしさ」

伊達に長年陰キャはしていない。

二学期になってクラスメイトとは結構な人数と仲良くなったけど、そうはいってもまだまだ浅い付き合いばかりだ。

部活やバイトをがんばってる人も多いし、休みの日に一緒に遊ぶという感じではまだないんだよな。

「手っ取り早くクラスの女子とか？　体育はしばらく男女一緒でやるみたいだしチャンスありそうだよ？　引き締まった身体ってやっぱり女の子から見たらカッコいいしね」

「やっぱり鍛えた身体とか筋肉って、女子的には魅力的に見えるのか？」

なかなかこういう会話をすることもないので、せっかくだし聞いてみる。

「これはあの！　クラスの女の子たちみんなが言ってることであって、別にわたし個人がってことじゃなくてね⁉」

すると突然ハスミンが急に早口になって捲し立てるように言ってきたのだ。

「もちろん分かってるよ。あくまで一般論ってことだろ？　でもハスミンの意見だからな、参考にさせてもらうよ」

あと、どうもこの言い方だと、ハスミンはそこまでは思ってはくれてないのかな？

そこだけちょっと残念かな。

「う、うん……」

「なんでそこでハスミンが微妙に残念そうな顔をするんだ？」

「えっ⁉　ぜ、全然そんな顔してないでーす！」

「そうか？」

「そうでーす！」

「……そうか」

うーむ、どうにも女の子の感情の動きはイマイチよく分からないなぁ。

薄々気が付いていたけど、女の子の心情がさっぱり理解できないことは、俺がやり直し高校生活を送る上で、最優先で改善しないといけない致命的なウイークポイントだな。

「それで修平くんは今日はお買い物？」

「いや、こういうところには長らく来てなかったから、ブラブラと適当に見て回ろうかなって思ってさ。ハスミンは？」

「わたしは文房具を買いに来たの。昨日の夜、教科書に蛍光ペンで線を引いてたらインクが切れちゃって。ついでにノートとか消しゴムとか、なくなりそうなのをいろいろ買い足そうかなって思ったんだよね」

「なるほどな」

「前からちょっとインクがかすれてて、あ、もうすぐインクが切れそうだなって思ってたんだけど、ついそのままにしちゃってたんだよねー」

「勉強あるあるだよな、俺もよくやるよ。まだ大丈夫、まだ大丈夫って思ってつい後回しにしちゃうんだよなぁ」

「ついしちゃうよねー」

ふふっとハスミンが楽しそうに笑う。

「けど文房具を買いにわざわざショッピングモールまで来たのか?」

「そうだよー」

「わざわざ出てこなくても、文房具くらい割とどこでも買えると思うんだけど」

「わたしの家ってここから近いの。だからどんな買い物でも基本、ここのモールまで来るんだよね」

「そういやハスミンはこの駅で降りるって言ってたか。いいなぁ、うちの地元駅の周りは、高校がある以外はほとんど何もないからなぁ」

「あはは、あの辺ってほんと何もないよね。駅前にちょこちょこっとカフェとかマックとか本屋さんとか、あとコンビニがあるくらいで」

「典型的な住宅街の駅だよな」

入り口を入ってすぐの広場で、ハスミンとたわいない話に花を咲かせていると、

「ねぇねぇ、せっかくだしさ?」

「ん?」

「もし暇だったら一緒にブラブラしない? あ、ほんと修平くんが暇だったらでいいんだけど……」

ハスミンが妙に遠慮気味に聞いてきた。

つまりこれってデートのお誘いか?

なんて言うのはさすがに言いすぎだけど、でもそれに近い感じだよな？

「いいのか？」

「もちろんだし！　せっかくだから学校以外でも親交を深めよっ♪」

俺の返事に、ハスミンが弾けるような笑顔を浮かべる。

そんな風に言われたら俺に断る理由などありはしない。

「じゃあ一緒にブラブラしようぜ」

「りょーかーい」

俺たちはまず最初にハスミンお目当ての文房具を買ってから、ショッピングモールをブラつくことにした。

まずは定番の雑貨店を見て回る。

「うわっ、このマグカップすごく可愛くない？」

「どれだ？」

「ほらこれこれ見て見て？　やる気なさそうな猫のイラストが、なんとも絶妙にゆる可愛くない？」

ハスミンがマグカップを棚から手に取った。

「へぇ、可愛らしいデザインだな。ほっこりする癒し系にゃんこっていうか」

「だよねぇ。えへへ、買っちゃおうかな♪」

「そんなに気に入ったんだな」

「わたし猫好きなんだよねー」

「ハスミンは猫好きだったか」

なんとなくイメージ通りかも。

「修平くんは猫派？　それとも犬派？」

「どっちっていうのはないんだけど、強いてどっちかって言うなら猫派かな？」

俺は心の中で、猫の中の猫たる百獣の王ライオンを思い浮かべながら答える。

ライオンは好きだ、強いからな。

「やった、これでわたしたち猫派同盟だね♪　あと修平くんって意外に可愛いものが好きなんだねー」

「ライオンって可愛いかな？」

「猫ってライオンのことかーい！　たしかにライオンも猫科だけど！　今言ってるのはそういうことじゃないよね!?　日本に住むイエネコの話だよね!?」

「わ、悪い……それでこれ買うのか？」

空気を読めずややばつが悪かった俺は、強引に話を逸らした。

「うーん、お財布とも相談しないとだし、そんなにすぐにはなくならないと思うから、とりあえずキープリスト入りかな？」

ハスミンがちょっと残念そうにマグカップを棚に戻した。

悲しいかな、俺たちは高校生。

たかがマグカップ一つとはいえ、大人と違って気に入ったからといって何でもポンポンとは買えないのである。

雑貨屋の後はアパレルショップに立ち寄った。

「このワンピースすごく可愛くない？　ちょっと試着してみていいかな？」

「もちろん」

ハスミンは嬉しそうに白色のミニ丈スカートのワンピースを手に取ると、軽い足取りで試着室に入った。

そして着替えて試着室から出てくると、俺の前でくるりと一回転してみせる。

スカート部分がふわりと舞い上がり、白くて細い太腿がちらりと覗いた。

「どう……かな……？」

少し照れくさそうに上目づかいで聞いてくるハスミン。

「清楚な感じがよく似合ってるよ。でもちょっとスカートが短めだから、くるっと回ったりはしないほうがいいかもしれない」

「もう、そんなところばっかり見てるなんて、修平くんのえっち……」

ハスミンが頰(ほお)を膨らませながらジト目を向けてくる。

「……見たっていうか気になっただけなんだけど」

そりゃ思わず視線が行っちゃいはしたんだけど、でもあくまで反射的なもので、決してえっちな気持ちではなかったと思うんだ。

「ふふっ、冗談だってば。似合ってるって言ってくれてありがとね♪」

ハスミンは楽しそうに笑いながら試着室に引っ込んだ。

それからハスミンが何点か服を試着して、俺はそれにあーだこーだと感想を伝える。

ファッションに詳しくないせいであまりボキャブラリーがなかったのが、どうにも申し訳なく感じてしまう。

それでも俺が伝えた感想をハスミンは嬉しそうに聞いてくれていた。

「ねぇねぇ、今日着た中で修平くんが一番好きなのはどれだった？」

試着を終え元の私服姿に戻ったハスミンが最後にそんなことを聞いてくる。

「俺の好みはそうだなぁ……どれも似合ってたけど、やっぱり一番最初の白のワンピースかな？」

「ふむふむ、修平くんはワンピースが好き、と」

「清楚で大人っぽくて一番よく似合ってたと思う」

「ふふっ、わたしもあれ結構好きな感じだったんだよね。ってわけで猫派同盟改め、ワン

ピース同盟だね♪」

ハスミンがいたずらっぽく言いながら親指をグッと立ててにっこり笑ったんだけど、ちょっとだけ言わせて欲しい。

「それは俺がワンピースフェチっぽくて若干嫌なんだが……」

「それはそれで個性的でありかもじゃない？」

「残念ながら、ない寄りのなしだな」

「ええっ、そう？」

「俺はもう少し男らしい硬派路線で行きたいかな」

「つまり硬派なワンピースフェチ？」

「どんな硬派だどんな」

「あははー♪」

せっかくいい感じで高校生活のやり直しが進んでいるっていうのに、ワンピースフェチなんて根も葉もない噂（うわさ）が流れたら目も当てられない。

そんな風にハスミンと二人で楽しくウインドウショッピングをしているうちに、時間はあっという間に過ぎていった。

「あ、わたしそろそろ帰らないと」

ハスミンが見つめる先、ショッピングモールの吹き抜け広場にある大時計は夕方の五時を指している。

「ほんとだ、いつの間にこんな時間になってたんだろ」

「おしゃべりが楽しくて時間が経つのが早かった気がするよね」

「屋内だと明るさが一定だから、時間の経過が分かりにくいよな。ハスミンの家ってこの近くなんだよな？　家まで送っていこうか？」

「ううん、大丈夫。それにいきなり男の子を連れてきたら、お父さんがびっくりするだろうし」

「あー、それはあるかもだな」

「でしょでしょ？」

娘が突然、男友達を連れてきたのを見たハスミンパパの姿を想像してしまい、俺は思わず苦笑する。

世のお父さん方は誰しも、娘の異性関係についてはとりわけ強く思うところがあるだろうから。

「じゃあまた明日学校でな。今日は楽しかったよ」

「わたしも楽しかったよー。じゃあね♪」

俺たちはショッピングモールの入り口まで一緒に行くと、そこで手を振って別れた。

「ふぅ、すごく楽しい一日だったたな。こんなに時間が過ぎるのを早く感じたのは生まれて初めてかも」

俺の学校生活やり直しは今日もすこぶる順調だった。

第三章　文化祭準備

Episode.3

異世界から帰還し、実に五年ぶりとなる高校生活にもだいぶん慣れてき始めた頃。

クラス委員の俺は担任の先生に代わって教卓に立って、ホームルームの司会進行をしていた。

文化祭のクラスの出し物を決めるためだ。

「今から文化祭でうちのクラスが何をするか、クラスの出し物を決めたいと思います」

俺の言葉を聞いて、お祭り好きな陽キャグループメンバーたちを中心に、

「きたきた！　文化祭の出し物決め！」

「これぞ高校生の青春って感じだよな！」

「なんにする⁉」

「絶対に盛り上がるのにしようぜ！」

がぜん盛り上がるクラスメイトたち。

しかし俺はそんな彼らに悲しい事実を告げなければならなかった。

「期待しているところ申し訳ないんだけど、うちの学校は普通の公立高校なんで派手なことは基本的に無理なんだ。ちょっと自由度が高くなるくらいで、多分中学の文化祭の延長みたいなものになると思う」

「ええっ⁉」

「そんなぁ！」

「嘘だろー」

失望した声がさざ波のようにクラス中に広がっていく。

だがこれに関しては俺に決定権はなくただの伝達係なので、俺としてはどうしようもなかった。

「クラスの出し物に予算はほとんどつかないから、でかい出し物とかはやりようがないんだ」

異世界を救った勇者の俺とはいえ、できないことはできないのだ。

「じゃあじゃあお化け屋敷とかは？　家から色々持ち寄って、あんまりお金はかけないようにしてさ」

「おっ、いいな！」

「文化祭の定番だもんな！」

「窓に暗幕とか張るんだよな」

「私、ハロウィンのお化けのコスプレ持ってるよ？」

「私もー！」

一瞬意気消沈したものの再び盛り上がるクラスメイトたち。

しかし悲しいかな、学校のルールでお化け屋敷は禁止されていた。

「ごめん、実は——」

俺がそのことを伝えようとした矢先、

「ごめんね、お化け屋敷は禁止なの」

板書することがなくてやや手持無沙汰だったハスミンが俺の隣にやってくると、少し申し訳なさそうに言った。

「禁止ぃぃぃ⁉」

「ええーっ⁉」

「なんでだよぉ？」

「ねぇねぇハスミンなんで〜？」

話の流れもあって、クラスメイトたちは俺ではなくハスミンへと質問の矛先を向ける。

「他にもプラネタリウムとか部屋を暗くする出し物は禁止になってるの。昔、痴漢騒ぎがあったからなんだって」

再び申し訳なさそうに禁止事項をクラスのみんなに伝えるハスミン。

——もしかして。

俺が批判の矢面に立たないように、代わりに説明してくれているのか？

明るく人気者で友達も多いハスミンは、つい先日遅れた高校デビューを果たしたばかりの俺と比べて批判されにくいのは間違いない。

もしかしなくても気を回してくれたのかな？

俺の考えすぎかもしれないが、ハスミンは割と他人に気を使う性格なのでありえなくはない。

「嘘だろ⁉」

「マジかよー⁉」

「でも分かる！　痴漢とか女の敵だし！」

「電車でもやたらと身体くっつけてくるキモイおっさんとかいるよね！」

「痴漢マジ死ねばいいのに！」

「だよね！」

「「…………」」

そして痴漢に対する女子たちの歯に衣着せぬ猛烈な批判を見て、一瞬で静かになる男子たち。

そりゃそうだ、誰しもあらぬ疑いはかけられたくないもんな。

疑いをかけられた瞬間、クラスの半分が丸々ごっそり敵になってしまうのだから。

女子から痴漢扱いされる高校生活とか、考えるまでもなく最悪だ。

「なら飲食は？」

「お、いいな！」

「飲食も定番だよね」

「メイド喫茶とかやろうぜー！」

「私もコスプレ喫茶やりたいかも」

「ウェイトレスさんの制服とか可愛（かわい）いし、一度着てみたいよねー」

「ねぇハスミン、飲食はどうなの～？」

そして今やクラスメイトたちは、司会の俺を完全にすっ飛ばしてハスミンと話し始めた。

ま、別に俺が司会をしないといけないルールがあるわけでもないしな。

ここで話に割り込むのもなんだし、司会はこのままハスミンに任せて俺は聞き役とサポートに徹するとしよう。

「うーんとね、コスプレの衣装代は出ないから、そこを自費で賄えるならできるかも？」

「うえー、そこが自腹かぁ」

「私今月お小遣い厳しいかも」

「俺もー！」

「っていうかこの学校ケチすぎね？」

「言うて公立だからなぁ」

あれもダメ、これもダメと言われたクラスメイトたちから、半分諦めのような声が上がり始めた。

「ちなみになんだけど、大きめのホットプレート一枚と二リットルの電気ポット一個、クーラーボックス一個、あとは延長コードとかのこまごまとした物は学校の出入りの業者から無料で借りられるんだって」

「ほんと最低限って感じだよなぁ」

「ないよりはいいんじゃね？」

「じゃあとりあえず飲食な！」

「さんせー！」

「ならさ、たこ焼き器とか持ってきたらいいんじゃね？　うちにあるよ？　一気に二三個焼ける大きなヤツ！」

「ははは、なんでそんなもんが家にあるんだよ」

「うちの両親どっちも大阪出身だから」

「さすが本場！」

再び盛り上がるクラスメイトたち。

俺は司会進行のハスミンに代わって黒板に飲食系（？）と書き記した。

決して美しくはないが、汚くて読めないわけでもない。

ハスミンの書く綺麗な字とは違って、可もなく不可もなくの平凡な書き文字だ。

それにしても板書の縦書きって地味に書きにくいよな。

下のほうに行くとどうにも肘が詰まってしまう。

「ごめん、たこ焼きは完全に禁止なの。文化祭の実施要綱に『たこ焼き厳禁』って太字で明記されてるから」

「は？　え？」

「どゆこと？」

「なんでたこ焼きが禁止なの？」

「せっかくたこ焼き器あるのに」

「ねーハスミンなんで〜？」

またもやハスミンに疑問の声が集中する。

「なんかね、かなり昔の衛生観念がまだ超適当だった頃の話らしいんだけど。うちの学校の文化祭のたこ焼きからサルモネラ菌が出て集団食中毒が発生して、テレビや新聞で日本中に派手に報道されたからなんだって」

「そんなー……」

「また先輩らのせいかよ、勘弁してくれよ……」

「ないわー」

「この学校の先輩ら終わってんだろマジで……」

理由を聞いたクラスメイトたちから、遠い過去の先輩たちへの怨嗟の声が上がる。

「もう一つ付け加えておくとね。学校が貸し出す三点の調理器具以外を持ち込む場合は、事前に申請書を出して文化祭実行委員会の許可を取らないといけないことになってるの」

「申請書？」

「うわ、めんどくせぇ!?」

「でもそれを出せばいいんでしょ？」

「うーん、それがね？　許可が下りないこともある、というかほとんど下りないって委員会では言ってたんだよね……」

みんなの希望が叶わないのもあってか、説明するハスミンの声には少し力がない。

「しかもほとんど許可が下りないとか、なんなの……」

「これって過去に先輩方がやらかしすぎたせいで、生徒が信用されてないんだろうなぁ」

「実質禁止ってことじゃん……」

「マジないわー」

「それで最後にもう一つ禁止事項があるんだけど」

そう告げたハスミンの声はすっかり小さくなってしまっていた。

「まだあるのか……？」

「今度はなにー？」

「えっとね、コンロとかバーナーとか火が出るものはそもそも持ち込み厳禁なの。これも何年か前にボヤ騒ぎがあって消防に怒られたからみたいで」

「また俺らの先輩のせい……？」

「ほんとなんなのうちの先輩ら……」

「まったく同感……」

「歴史が古いだけあって、色々やらかしやってたんだなぁ……」

「うちって実は問題校だったのかよ……」

戦前の旧制中学校の流れを汲むうちの高校は、今や偏差値も進学実績も見る影もないただの平凡な公立高校なのだが、歴史と伝統だけはものすごい。

だけどその分だけ過去にあれやこれやと問題を起こしていたようだった。

俺もその辺りのことはほとんど知らなかったんだけど、クラス委員としてハスミンと文化祭実行委員会に出席した時にあれこれ聞かされていた。

「つまりね、過去に先輩方が色々と問題を起こすたびに、禁止事項が増えていって今に至るということみたいなの。それでなんだけど、以上の前置きを踏まえた上で何か案がある人がいたら言ってくれないかな……？」

「「「……………」」」

ハスミンの問いかけに、しかしクラスメイトたちは一様に黙り込んでしまった。

がっくりと肩を落として、見るからに意気消沈している奴(やつ)らもいる。

いまや当初のモチベーションは完全に失われ、悲しみという名の沈黙がクラス中を支配していた。

（これはまずいな。完全にみんなのやる気を削いでしまったぞ）

文化祭の実施要項を説明しないといけなかったからとはいえ、結果的にみんなの発言を否定するばっかりになっちゃったもんな。

人は自分の意見や行動を否定されるとどうしても気持ちが弱くなる。モチベーションが低下する。

そしていったん気持ちが弱くなってしまうと、次もまた否定されると思って次の行動を起こさなくなるものなのだ。

かつて陰キャというその典型ともいえる存在だった俺は、そのことを身をもって理解していた。

（事前にハスミンと打ち合わせして、まず最初にたくさん案を出してもらってから、そこから理由を上げてダメなのを消していくとか、そういう方法を取れば良かったな。今さら

だけど）

チラリとハスミンを見ると、すっかり意見が出なくなってしまったクラスメイトたちの前で、困ったような焦ったような顔をして立ち尽くしていた。

ってわけで、ここは俺の出番だな。

敢えて俺の代わりに批判の矢面に立ってくれたハスミンに、今度は俺が助け舟を出す番だ。

「あのさ、俺から提案があるんだけど、いいかな？」

俺は元気よく手を上げると、沈んだ空気を払拭するように明るい声で切り出した。

「修平くん？　なにかいい意見があるの？　聞かせてくれる？」

期待の籠もった視線を向けてくるハスミンに応えるように、俺は胸を張って自信満々に語り始める。

「さっきコスプレ喫茶が出たと思うんだけど」

「出たけど、予算の関係で難しいかなって」

「だから本格的に衣装を揃えたりはしなくて、例えば色だけ統一するっていうのはどうかな？」

「色だけ統一っていうのは？」

合いの手を入れるように、小さく首を傾げながら質問をしてくるハスミン。

サンキュー、話しやすくて助かるよ。

「実際にやるのは普通の喫茶店の出し物なんだけど、みんな共通の色の服を着てやるんだ」

「ふんふん」

「コスプレしたい人は色に合う範囲でしたらいいし、そうじゃない人も色だけ合わせてくれれば、クラス全体として統一感を出しつつ、他よりもちょっと個性のある喫茶店になるかなって思ったんだ。飾りつけとかもその色で統一してさ」

「あ、そういうことね」

俺の意図を理解したハスミンが、胸の前でポンと軽く手のひらを合わせた。

「これならコストをある程度抑えつつ、決められたルールの範囲でみんなの希望が多かった飲食をやれるんじゃないかな？」

「たしかにこれなら色を統一することでクラス全体のまとまりも出せるし、それでいてしっかりとコスプレしたい人もできるもんね」

学校側の縛りが多すぎてどうしてもメニューが少なく貧相になるのも、見た目の統一感で盛り上げることである程度は補える。

落としどころとしては悪くないはずだ。

そしてそう思ったのは俺だけではなかったようで——。

「織田くんのアイデアいいんじゃない？」

「うんうん、これならお小遣いピンチの私も全然いけるし」

「いいと思うー」

「私もさんせー！」

「俺も賛成！」

「俺も！　文化祭なんだから絶対飲食やりたいし！」

　さっきまで完全に意気消沈していたクラスメイトたちが嘘のように生き返った。

　やれやれ、上手くいったか。

　苦しい戦いで意気消沈する仲間を言葉で元気づけるのは、勇者時代に何度も経験した。大した案じゃなくてもそれなりに筋さえ通っていれば、後は自信をもって話せば周囲の人間は自然と引きずられて、それならできるかもと思うものなのだ。

　勇者時代の経験が上手く生きたな。

「ありがとね修平くん。暗くなった雰囲気を変えてくれてすごく助かったし」

　再び盛り上がり始めたクラスメイトたちを前に、ハスミンが小声で感謝の気持ちを伝えてくる。

「一緒に文化祭実行委員会に参加して話を聞いた時に、かなり縛りがきついなって思ってたんだよな。だから会議の行方を見つつ良さそうなアイデアを考えておいたんだ。他の意見が出れば言わなかったんだけど、一応考えておいて良かったよ」

何事もやはり準備はしておくに限る。

「修平くんの気配りのおかげで本当に助かったし。ありがとね、今度お礼にケーキでも奢るから♪」

「マジか、サンキュー」

「じゃあ最後の締めは、お手柄の修平くんに任せようかな」

そう言うとハスミンは一歩引いた位置に下がって、口を閉ざしてにこにこした顔で俺を見つめてくる。

「じゃあそろそろ決めようと思うんだけど、他にアイデアとか希望がある人はいるか？」

「ないでーす！」

「異議なーし！」

「この案でいいと思いまーす」

「俺もさんせー！」

「それじゃあうちの文化祭クラス出し物は『色統一喫茶（コスプレ可）』で決定します。正式名称はまた後日、案を募るので良さそうなのを考えておいてください」

俺の言葉を受けてハスミンが黒板に綺麗な字で『色統一喫茶（コスプレ可）』と書き記した。

その後、提供するメニューを誰でも作れて失敗しにくいホットケーキに決める。

詳細は後日詰めるとして、大まかには缶詰のフルーツをホットケーキの上に乗せて、ホイップクリームと合わせていくつかメニューを用意することにする。

さらに統一カラーを「赤」に決め、この先の準備の予定なんかを大まかにアウトラインだけ決めていった。

大まかなだけで詳細を詰めていないのは、バスケ部でレギュラーの伊達（だて）なんかはどうしても部活優先になるし、他にも部活をやっている生徒は部の出し物の準備なんかもしないといけないからだ。

ハスミンも中学時代の友達と、個人参加で軽音ライブをやるって言ってたしな。

そういった他の出し物の準備や、部活で抜ける人員の都合の擦り合わせをする必要があったため、細かいところまでは現状決めようがなかったのだ。

諸々（もろもろ）を大まかに決め、こうして今日のホームルームはとても有意義に終了した。

翌日の放課後から、全校挙げての文化祭の準備が始まった。

クラス委員として一年五組のクラス出し物に関する責任者にもなった俺は、定例の文化祭実行委員会の会議に参加した後、教室へと戻ってきた。

「みんな、進み具合はどんなもんだ？」

「順調だよー」

「了解。必要な物とか要望があったら俺かハスミンに早めに言ってくれな」

「はーい」

教室で内装やメニュー表を作っている女子を中心とした作業班に進捗を尋ねてから。

俺は今度は中庭で立て看板やプラカード製作といった作業を行っている大道具係のところに向かった。

俺はクラス全体の進行管理をしつつ、文化祭実行委員会の会議などにも顔を出し、それがない時は基本的には大道具作りを手伝うことになっている。

文化祭関連の仕事は、本来は副クラス委員のハスミンと分担する。

だけどハスミンはクラスの出し物とは別に、個人参加する軽音バンドの練習がちょこちょこあるそうなので、練習がある時は俺が一人でやっていた。

なにせ帰宅部で交友関係が薄い俺は、放課後は完全に暇している。

こういった役回りはまさにうってつけだ。

何より俺自身が、文化祭という高校で最大クラスのイベントにガッツリ関わってみたいと思っているからな。

むしろ願ったり叶ったりだ。

ハスミンには会議の情報を適宜共有しているし、今のところそれで特に問題はない。

だいたい魔王を倒す旅の過酷さと比べたら、文化祭の準備のクラス責任者なんて紙風船を踏んでぺしゃんこにするくらいにイージーだからな。

ちょっとくらいヘマしても死ぬことはないし、気楽なものだ。

文化祭の準備で活気あふれる放課後の校内を抜けて中庭に着いた俺は、すぐに大道具係の男子が集まってあれこれ相談しているのを発見した。

すぐさま状況を確認に行く。

「どうしたんだ、なにかトラブル発生か？」

「ああ織田か、ちょっとな。大したことじゃないんだけど」

「会議お疲れさーん」

「おかえりー。でも別にトラブルってわけじゃないからそこは安心してくれー」

深刻な問題が起こったわけではないと聞いてまずは一安心する。

「で、何があったんだ？」

「それがさ、立て看板を作るためにベニヤ板を貰(もら)ってきたんだけど、試し切りしたら全然上手く切れないんだよ」

「ほら見てくれよここ。のこぎりで試し切りしたとこなんだけどさ、切れ端がすげーガタガタになってるだろ？」

言われて見てみると、ベニヤ板の切り口が小さく捲れたりしてガタガタになっていた。

「せっかく立て看板作るんなら綺麗に切りたいなって思うんだよなぁ」

「女子にも綺麗に作ってねって言われてるしな」

「期待には応えたいよな」

「で、どうしたもんかなって相談してたんだ」

「後からやすり掛けするにしても限度があるだろ？」

口々に状況を説明してくれるクラスメイトのおかげで、俺はすぐに状況を把握した。

「そういうことか。分かった、なら俺が切ろう。のこぎりを貸してくれ。この線に沿って切ればいいんだよな？」

「え？　ああおう、そうだけど……」

俺はのこぎりを借りるとすぐにベニヤ板を切り始めた。

まるでダイヤモンドカッターで切ったかのような美しい切断面でさくさくとベニヤ板を切っていく俺に、看板係の男子たちが一様に驚いた声を上げる。

「うわすごっ！」

「なんでこんなに綺麗に切れるんだ⁉」

「お前って家が刃物屋だったりする？　もしくは木材加工工場？」

「あー、まぁなんだ、実は刃物を使うのは得意なんだよ」

もちろん俺が器用だからというわけでは全然なく、これもかつて異世界転移した時に授かった女神アテナイの加護の恩恵だった。

女神アテナイの加護によって、刃物や近接武器ならなんでもSランクで扱える『ブレードマスター』という勇者スキルを俺は持っていたからだ。

このスキルがないと、せっかく勇者専用の聖剣『ストレルカ』を手にしてもろくに使えない上に、剣の修行をするだけで何年もかかってしまうからな。

ある意味、異世界に呼ばれた勇者には必須のスキルなのだ。

そしてこのスキルさえあれば、ベニヤ板をのこぎりで綺麗に切るなんてことは赤子の手をひねるよりも簡単だった。

「単に明るくなっただけじゃなくてこんな特技まで隠し持ってたとか、実は織田ってスゲー奴だったんだな」

「体育の授業でもバスケ部レギュラーの伊達に勝っちゃうし」

「あんな身長差があるのに伊達のダンクをブロックするんだもんな」

「伊達っていう運動神経モンスターがいたと思ったら、さらにその上がいるとかビビるわ」

「そりゃ蓮見(はすみ)さんと名前とあだ名で呼び合ったりしちゃうよな」

「一度でいいから俺も蓮見さんをハスミンって呼んでみたいなぁ」

「俺も俺も！　蓮見さんから名前で呼ばれてみてぇ！」

「別に俺とハスミンはそういう仲じゃないよ」

俺と付き合っている、みたいな余計な勘違いをされてハスミンが困ることがないように、俺は正しい情報を伝えておく。

「またまたぁ、あんな仲良さそうなのに」

「んだんだ」

「よく一緒にいるしなぁ」

「この前も一緒に帰ってただろ？」

しかしクラスメイトたちはイマイチ納得してくれなかった。

ハスミンの名誉のためにも、ここはもう少し丁寧に説明をしておくか。

「一緒にいることが多いのは、単に席が隣なのとクラス委員を一緒にやってるからだよ。放課後に会議に出たら、そりゃその後に一緒に帰るくらいはするだろ？　それ以上の深い意味はないから」

「おいおい、隠さなくてもいいって。みんな分かってるから」

「悔しいけどお似合いだもんな」

「そうそう、誰も文句なんて言わねえからゲロっちまえよ？」

「隠すも何もほんとのことなんだが……そんなことより切り終わったぞ？」

俺はわずかの段差すらない美しい断面で切り上げたベニヤ板を指差した。

「早ぇ⁉」

「しかもこの完璧な仕上がり！」

「適当に話しながらでこれだぜ？」

「こりゃ蓮見さんも惚れるわ」

「俺が蓮見さんでも惚れるわ」

「マジそれな」

「だからほんとにハスミンとは何もないんだってば……」

そんな感じで、俺は騒がしいクラスメイトたちとワイワイやりながら立て看板作りに精を出した。

（いいなぁ、こういうの。まさに青春って感じがする）

中学時代にはもう既にいっぱしの陰キャだった俺は、文化祭では準備でも本番でもみんなの邪魔にならないように、言われたことだけをやったら後はずっと隅っこで静かに息を殺して時間が過ぎるのを待っていた。

そして異世界転移してからの勇者時代は、ひたすら魔王軍との戦いに明け暮れていた。

だから今回の文化祭の準備は俺にとって人生で初めてとなる、同世代の仲間と一緒に何かをするという、とても楽しくて充実した時間だったのだ。

（今回の文化祭、何が何でも絶対に成功させるぞ！　俺だけじゃない、ハスミンやクラスのみんなにも最高の文化祭にしてみせる！）

　俺は心の中でメラメラと闘志を燃やしていた。

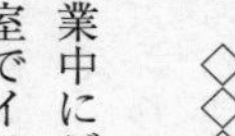

「作業中にごめん、ちょっと写真を撮ってもいいかな？」

　教室でイラスト入りのポップなメニュー表を製作している女子たちに、俺が声をかけると、

「いいよー」

「可愛く撮ってねー」

　軽い調子で了承の返事が返ってきた。

　二学期からの精力的な高校生活の甲斐(かい)あって、陰キャ時代とは見違えるほどにクラスメイトとの仲は良好だ。

　俺はスマホを取り出すと、パシャパシャと距離や角度、映っている人を替えて一〇枚ほど撮影する。

「織田くん織田くーん、こっちも撮ってよー」

「了解」

さらに、飾りつけを製作している女の子たちグループも、同じように一〇枚ほど撮影した。

そんな俺の姿を見て、

「修平くん、最近かなり頻繁に写真を撮ってるよね？　写真撮影にでも目覚めたの？」

飾りつけ製作グループにいたハスミンが興味深そうに尋ねてきた。

「そういうわけじゃないんだけど、みんなで力を合わせて文化祭の準備をしている様子を記録に残そうと思ってさ」

「わっ、なにそれ！　すっごくアオハルっぽいじゃん！」

目を輝かせて言ったハスミンを思わずパシャリと撮影する。

「ちょっとー、急に撮られたら変な顔で写っちゃうじゃんかー」

「ごめんごめん。でもすごくいい笑顔が撮れてるぞ？」

「ほんと〜？」

「ほらこれ」

撮ったばかりの写真を見せてあげるとハスミンが驚きで大きく目を見開いた。

「うわっ、すごくいい感じかも！」

「だろ？　名付けて『アオハルするハスミン』だ。ラインで送っとくな」

「ありがとー」

ちゃちゃっとラインを立ち上げて画像を張り付ける。

はい、送信っと。

最近はハスミンやクラスメイトと頻繁にラインでやり取りをするようになったのもあって、二学期初めの頃とは違ってスマホの操作も実に素早く軽やかだ。

まぁ当たり前のことができるようになっただけなんだけれども。

「でもあれ？　ハスミンにこのこと言ってなかったっけか？」

「うん、初めて聞いたけど」

「悪い、てっきり一番最初に伝えたと思ってた」

文化祭が始まってからこっち、今までになくハスミンと一緒にいる機会が多かったからか、どうやら勝手に伝えた気になっていたみたいだ。

「でもいーじゃんいーじゃん、ナイスアイデアじゃん。相変わらず冴えてるねー」

「ふふふん。だろ？　俺もいい考えだと思ったんだよな。スマホで簡単に編集とかもできるみたいだから、日付とかコメントを入れて後でみんなに配ろうかなって思ってるんだ」

文化祭は本番当日だけじゃない。

本番までの準備もかけがえのない時間だと思うから。

その記録を残さないのはあまりにももったいなすぎる。

「さすがは一年五組の文化祭の責任者だね。色んなことを考えてるんだ♪　そんな修平くんには座布団一枚！」

　ハスミンは座布団をくれる代わりに肩の辺りをツンツンとつついてくる。

「せっかくの文化祭だからな、やれることは何でもやりたいんだ。写真を撮って編集するだけなら手間もお金もかからないし」

「あ、でも――」

　ハスミンが人差し指を立てて可愛らしく口元に当てた。

「どうした？」

「これだと修平くんの写真が全然ないんじゃない？　ずっと修平くんが自分で撮影してるわけでしょ？」

「言われてみればそうだな」

「でしょ？」

「記録を残すことばっかり意識して、そこまで頭が回ってなかった」

　思い返すまでもなく、撮影者の俺が映っている写真は現状一枚も存在していない。

「ふふっ、今のはわたしのナイス助言だったね」

「灯台下暗しってやつか」

「じゃあ灯台の足元にいた修平くんは、代わりにわたしが撮ってあげるね。タイトルは『文化祭の準備をするクラスメイトを撮影して記録に残そうとしている、アオハルなクラス委員』」

ハスミンが自分のスマホを取り出して俺に向けた。

「まんまだな、しかもちょっと長いぞ？」

「さすがにパッといいフレーズは思いつかないしー。じゃあ撮るよ？　はーい自然体、自然たーい」

ハスミンのスマホが数回、軽快なシャッター音を響かせる。

「サンキュー。危うく俺だけ記録のどこにも存在しない可哀相（かわいそう）な人になっちゃうところだった」

「えへへ、どういたしまして。修平くんのまさかのボッチ回避に貢献できて良かった♪」

「記録に一人だけいないとか悲惨だもんな」

「また機会があればわたしが撮ってあげるね。あ、データはラインで送っておくから」

「よろしく頼むな」

さてと。

女子は撮り終えたし、次は大道具作りを手伝うついでに男子の写真を撮りに行くか――と思っていたら、

「せっかくだし、織田くんとハスミンのツーショットも欲しくない？」

「欲しいー欲しいー」

「クラス委員と副クラス委員で文化祭の全体会議とかにも出てるんだもん。二人一緒の写真もないと逆に変だよねー」

「そーそー」

急に女子たちがワイワイと騒ぎ始めた。

「言われてみればそうかもな。ハスミン、せっかくだし一緒に撮ってもらおうぜ」

「あ、うん……修平くんが嫌じゃないならそうしよっかな？」

「もちろん嫌じゃないぞ」

「えへへ、じゃあ一緒に撮ってもらおっ♪」

というわけで俺はハスミンと一緒に写真を撮ってもらうことにしたんだけど——。

「まずハスミンがイスに座って飾りつけの作業をするでしょ？　それを織田くんが後ろから覆いかぶさるようにしながら、熱心にアドバイスしている構図に決まりました」

なぜか女子たちが全員集合してアレコレ意見を出し合い始めたかと思ったら、やたらと細かい状況設定が用意されていた。

「分かった」

せっかく女子のみんなが話し合って決めてくれたことだし、俺は女子たちに言われた通りに、席に座って作業をするハスミンの後ろから軽く覆いかぶさるようにしながら、人差し指で指示を出しているポーズをする。

「ぁ……」

軽くとはいえ身体が触れ合ってしまったからか、ハスミンが蚊の鳴くような小さな声を上げる。

「うーん、もうちょっと寄ってアップで撮りたいのと、二人の顔の高さが近いほうが映えるから、織田くんは中腰になってくれる？」

「こうか？」

俺は指示された通りに中腰になる。

「そうそう。それでハスミンの左肩に織田くんの左手を置いて、右側から少し前に身体を乗り出す感じで」

「やけに細かいんだな。あんまり演技は得意じゃないんだけど」

クラスメイトたちの詳細な演技指導に思わず苦笑しながら、俺はハスミンの左肩に軽く左手を置きつつ身を乗り出す。

自然とハスミンと密着してしまい、ハスミンの身体が緊張で固くなったのを感じる。

俺はハスミンの彼氏でもなんでもないのに、演技とはいえ後ろから抱き着くようにくっつかれたらそりゃ緊張もするよな。

あまりべったりとはくっつきすぎないようにしておこう。

親しき中にも礼儀あり——というか普通にセクハラだ。

「だってほら、記録に残すわけでしょ？　だったら自然体を撮るのもいいけど、時には見映えのいい演出の利いた写真も大事だと思うんだよね。ねー、みんな？」

「そうそう」

「自然体の写真だけじゃなくて、見ただけでストーリーがバッチリ伝わってくるのもないとねー」

「メリハリが大事だよねー」

「なるほどな。すごく勉強になった。今後の撮影の参考にするよ」

俺はその意見におおいに納得してうんうんと頷いた。

さすが最も感性が豊かと言われる花の現役女子高生たちだ。

普段から「映え」というものを意識しているだけあって、そもそも写真を撮ることすらほとんどない俺よりもはるかに感性が鋭い。

俺はいい写真になるようにともう少しだけハスミンに身体を寄せると、

「そうそう、いいよいいよー」

「角度とかも変えて何枚か撮るから、いいって言うまでそのままの体勢でね」

ハスミンとのツーショットを撮ってもらったのだった。

そしてその間、ハスミンはずっと緊張気味に身体を固くしていた。

彼氏じゃないのにくっついちゃってごめんな。

そこだけは本当にハスミンに申し訳なかった。

「ハスミンたち、今日の練習はここでやってたのか」

文化祭の準備も佳境を迎え、完全下校時間が大幅に後ろ倒しになる中、遅くまで残るクラスメイト有志の夕食代わりの軽食を、まとめて購買に買いに行った帰りに、俺は偶然通りかかった中庭の前で足を止めた。

視線を向けた先ではハスミンが他に三人の女子と一緒に、熱心にバンドの練習をやっている。

文化祭はクラスや部活単位の出し物とは別に、個人参加をすることができる。

ハスミンたちはその個人参加枠でバンドをやるそうなので、その練習だろう。

三人のうち一人は同じクラスの新田さんで、あとの二人は俺の知らない生徒だ。

正確には顔は見たことがあるものの名前は知らない、だけれども。

ハスミンがよく一緒にいる仲良しグループの面々だった。

なんでもこの四人は中学時代からの音楽仲間だとか。

今は文化祭で演奏する曲の通し練習をしているんだろう。

周囲が薄暗くなり照明が照らす中庭で、キーボードとギターに合わせてボーカルのハスミンが流行りの曲を最初から歌い上げていく。

さすがにドラムは持ち運べないので、ドラマーの子はドラム代わりに太腿の上に巻き付けておいた練習パッドみたいなのを叩いている。

（へぇ、あんな便利なのがあるのか。ほとんど音はしていないけど、叩くリズムが取れればそれでいいんだろうな）

こういった普段はなかなか知りえないことにふとしたことで触れられるのも、文化祭の楽しいところだ。

（しかし初めて演奏を聞いたんだけど上手いもんだな）

ピタッと息の合った合奏に乗ってハスミンの明るくて力強い歌声が、中庭に朗々と響いていく。

俺は足を止めたまま、息の合った演奏とハスミンの歌声に聞き惚れていた。

素敵な演奏だと伝えようかとも思ったけれど、練習に集中しているところを邪魔するのも悪いし、声をかけるのは今はよしておくか。

感想を伝えるのは文化祭当日のライブ本番の後にしよう。

俺はこっそり一曲通しで聞かせてもらってから、薄闇に紛れてそっとその場を後にした。

（ハスミンたちもがんばってる。最高の文化祭にするためにも、俺も俺にできることをがんばろう。ハスミンたちがライブの練習に励むように、俺も文化祭のクラスの責任者として全力を尽くすぞ。まずはこの後の接客練習だ）

俺は文化祭に向けて更にモチベーションを高めていった。

◇◇◇

「丁寧に仕上げてたら、だいぶ遅くなっちまったな」

俺はすっかり暗くなった窓の外をなんとはなしに見やりながら、人気のない学校の廊下を教室に向かって足早に歩いていた。

今日は放課後を丸々使って、文化祭で行うクラスの喫茶店の経費やメニューリスト、当日の人員配置などを詳細に記載した「クラス展示計画書」の最終バージョンを、図書室に籠もってミスがないように入念に作成し、それを担任の先生にチェックしてもらってから、つい今さっき文化祭実行委員会へと提出してきたのだ。

既に文化祭の準備期間限定で後ろ倒しにされた完全下校時間のギリギリで、校舎内にはもうほとんど生徒は残っていない。

「でもこれで文化祭実行委員会に出さないといけない書類は全部出し終えたし、準備のほうは順調すぎるってくらいに順調だし。まだ文化祭当日までは少しあるけど、気持ち的にはもう本番を迎えるだけって感じだな」

クラスメイトが皆、高いモチベーションで文化祭の準備に当たってくれたおかげで、極めてスムーズにここまで来ることができた。

「いいクラスだよな、うちのクラス」

誰に聞かせるでもなくつぶやきながら、教室のドアをガラリと開けると、

「あ、修平くんお帰りー」

そこにはハスミンの姿があった。

他には誰も残っておらずハスミン一人だけだ。

「あれ、ハスミン？　こんな時間までどうしたんだ？　しかも一人で。もしかして俺のことを待っていてくれたのか？」

「まぁそんなところかな。修平くん、こんなに暗くなるまでずっと文化祭の書類を作ってたんでしょ？　さすがに放っては帰れないから、わたしがみんなを代表して残ってたの」

そう答えたハスミンはいつもの見慣れた制服姿ではなく、上は浴衣で下がひらひらしたスカートになった和洋折衷の可愛らしい衣装を身にまとっている。

たしかこういうの浴衣ドレスって言うんだっけか？

「その衣装って――」

「うん、文化祭でやるコスプレ衣装」

ハスミンが少し恥ずかしそうに微笑んだ。

「そっか。今日は女子が文化祭当日の衣装合わせをやるって言ってたもんな。ってことは当日はハスミンもコスプレするんだな」

「せっかくの文化祭だからねー。ちょうど赤系で可愛いいい感じのがあったから着てみようかなって思って。みんながんばってるから少しでも盛り上がって欲しいし」

「それは俺も助かるな」

ハスミンみたいな可愛い女の子がコスプレをしてくれれば、うちのクラスの集客力が大幅に上がること間違いなしだ。

「で、せっかくだから、遅くまでがんばってる修平くんにだけ、特別に見せてあげようかなって思ったの。どうどう、似合ってる？」

ハスミンがくるりと一回転してみせる。

「すごく似合ってるぞ」

「えへへ、ありがと♪　あ、こっそり見せたのは他の男子には内緒だからね？　文化祭の責任者をがんばってやってくれてる修平くんだけのご褒美なんだから」

「俺だけ特別ってことか。それは嬉しいな」

「でしょでしょ？　疲れとか吹っ飛んじゃうでしょ」

こんな特別ご褒美をもらえるなんて、がんばった甲斐があったというものだ。

「じゃあせっかくついでに写真を撮ってもいいか？」

「もちろんいいよー」

俺とハスミン他に誰もいないのもあってか、

「えへへー、ピース♪」

顔の横でダブルピースをしたり、

「萌え萌えきゅん♪」

胸の前で両手でハートマークを作ったり、

「にゃんにゃん♪　にゃにゃ？」

招き猫ポーズをしたりと、積極的に可愛いポーズを決めてくれるハスミンを俺はスマホで次々と撮影していった。

——と。

げっ、偶然にもかなり際どい写真が撮れてしまったぞ。

両手を机についてお尻を突き出しながら、肩越しにこっちを振り返ってはにかむように微笑むハスミン。

男心をくすぐってくる可愛くて小悪魔なポーズだ。

しかし俺に向かってお尻を付き出したことで、ふくらはぎから膝の裏、さらには太腿のかなり上のところまでハスミンの白くスラッとした足が全部写ってしまっていた。

太腿のかなり上、お尻に近いあたりまで写ってしまっている。

ポーズがとっても可愛かったのと、「少し照れちゃうけどがんばってこういうポーズにも挑戦してみました！」って感じの表情がキュートすぎて、思わずシャッターを切ってしまったのだ。

しかし、さすがにこれは即消ししないと犯罪だ。

もちろん故意に撮影したわけじゃない。

もともと浴衣ドレスのスカート部分が短い上に、ハスミンがノリノリでポーズを取ってくれるからどうしても不可抗力的な瞬間が発生しちゃっただけなのだ。

——なんて言い訳をしている暇はないな。

俺がすべきことは一秒でも早くこの画像を消すこと、それだけだ。

俺はこの際どすぎる画像をすぐに削除するべくスマホを操作し始めたんだけど、

「どんな感じに撮れたか見して見してー。可愛く撮れてる？　修平くんのために、ちょっと恥ずかしかったんだけどがんばって色んなポーズを取ったんだよ？」

俺が撮るのをやめたことでもう撮影は終わったと思ったのか、画像削除の操作をするよりも先にハスミンが俺のスマホを覗き込んできた。

「み、見るのはちょっと待ってもらってもいいか？」

俺は反射的に後ずさりしてハスミンからわずかに距離を取った。

くっ、ダメだこの状況。

早く削除しないと。

「え、なんで？」

ハスミンが不思議そうな顔で小首を傾げる。

「……」

もちろん理由を答えるわけにはいかず、俺は黙り込んでしまった。

「なんかあやしー……」

笑顔から一転、ジト目を向けてくるハスミン。

「怪しくはないんだ……怪しくは……」

「怪しくないなら写真を見てもいいよね？」

「……ああ、もちろんだよ」

この状況で俺にそれ以外の返答ができただろうか？

冤罪——とは言えないか。

物的証拠は他でもない俺の手の中にあり。

決して意図したことではなかったとはいえ、際どい写真を撮ってしまったのは事実なのだから。

俺は異世界から帰還して以来いい感じに構築してきた、ハスミンとの極めて良好な関係性や好感度が著しく低下するであろうことを想像して、内心がっくりしながら撮影したばかりの浴衣ドレス姿のハスミンの際どい写真を見せた。

「はわっ……！　これって――」

太腿のかなり上のところまで写った際どい写真を見て、ハスミンが羞恥で顔を真っ赤にする。

「ごめんハスミン。信じてもらえないかもしれないけど、こういう写真を撮るつもりは全くなかったし、撮った後もすぐに消そうと思ったんだ。もちろん今さら言っても言い訳にしかならないんだけどさ」

申し開きをするとともに、俺は大きく頭を下げた。

事ここに至っては今の俺にできることは、ただただ謝罪をすることだけだったから。

「わ、分かってるし……修平くんはそんなことする人じゃないもん。だからとりあえず顔を上げて？　ね？」

「本当にごめん。すぐに消すから」

顔を上げた俺は、改めて画像を消すべくスマホを操作しようとして、

「ううん、消さなくていいよ」

「え――？」

その思ってもみなかった言葉に、俺は思わずスマホを操作する指を止めた。

「だってせっかく撮ってくれたんだし。言ってみればこの写真でこんな風に話をしたことだって、文化祭準備の思い出の一つなわけでしょ？　なのに消しちゃうのはもったいなくない？」

「いや、でもな……」

「それに際どいけど下着が見えてるわけでもないし。あと結構可愛く撮れてるし。お堅いのは学校の決めたルールだけでよくない？」

ハスミンがイタズラっぽく笑う。

「ハスミンは嫌じゃないのか？」

「他の男子だったら問答無用で消してもらうけど、修平くんは悪用したりしないでしょ？他の男子に見せびらかしたり、『いいね』欲しさにネットにばらまいたりとか」

「しないよ。そんなことは女神に誓って絶対にしない」

俺ははっきりと断言した。

むしろハスミンの際どい姿を他人には見られたくないって思ってしまう俺がいた。

これが独占欲というものなんだろうか？

もちろんハスミンとは付き合っているわけでもなんでもないので、俺がハスミンに対してそんな風に思う権利なんてありはしないんだけど。

「だったら今日の記念に持っててくれると嬉しいかなー」

「そっか。そういうことなら、うん、ありがとう。大事に持っておくな」

「あとわたしにも画像データちょうだいね。すっごく可愛く撮れてるから後で見返したいし」

「オッケー、すぐに送っておく」

言うが早いか、俺はラインで画像をぺたりと張り付けた。

「じゃあそろそろ帰ろっか。写真撮ったりしてたせいで完全下校時間まで超ギリギリだし、早く出ないと怒られちゃうよ」

「だな。たしか教室の入り口のドアにセンサーがついてるんだっけか」

なんでも夜間にドアが開いていると警備会社に通報が行くらしい。

そして警備員が来ると一回で六〇〇〇円ほど警備会社から請求されるらしく、絶対に時間までに入り口のドアを締めて帰るようにと、担任から毎日口酸っぱく言われていた。

「ちゃちゃっと着替えちゃうから廊下で待っててくれる？」

「了解」

「覗いちゃだめだからね？」

「はいはい」

いたずらっぽく笑うハスミンに苦笑しながら俺は廊下に出たのだった。

「明日はついに文化祭かぁ、楽しみだな……」

自宅のお風呂で湯船に浸かりながら、わたしは小さな声でつぶやいた。

バンドの練習をしたりクラスでやる喫茶店の準備をしたり。

他にも修平くんと一緒に文化祭実行委員会に参加したりと、高校に入って初めての文化祭の準備は、中学校の時と比べてはるかに大変だった。

だけどその分だけ充実感も思い出もいっぱいだ。

疲れなかったと言えば嘘になる。

「授業は普段通りに続いてて宿題も普通にあったし、毎日ヘトヘトだったよね」

正直よくがんばったと思う。

だけど一生懸命やった分だけ結果となって返ってくるのが嬉しかったし。

クラス全員で一丸となって一つの目標に向かっていく一体感はワクワクしたし。

みんなで一緒にワイワイやるのは純粋に楽しかった。

身体は疲れていても心は高揚している——同じ疲労でも、次のモチベーションへと繋がってくれる心地よい疲労感だ。

「なにより修平くんは、わたしなんて目じゃないくらいに四方八方あれこれ色々がんばってくれてたもんね」

それもこれも全ては明日の文化祭本番のため。明日で全てが終わる。

ここまで来たら報われたい。

「やれることはやったし、後はもう本番だけ。特にライブは修平くんも見に来てくれるって言ってたからがんばらないと」

何でも完璧な修平くんに、間違ってもカッコ悪いところなんて見せられないもんね。

とは言え、夏休みもみっちり練習したし直前の通し稽古もノーミス。

ライブの準備は万端だ。

トラブルさえなければ最高のパフォーマンスを発揮できるだろう。

「んーーっ！」

湯船の中で大きく伸びをすると、やっぱり身体は疲れているからか首の付け根がパキポキと小気味良く鳴った。

お風呂から上がるとパジャマに着替えて髪を乾かす。

明日は文化祭で来校者もいるし、晴れの舞台だからいつもより丁寧に乾かさないと。

充電中のスマホをなにげなく見てみると、

『ハスミン、今日まで文化祭準備お疲れさま。明日の文化祭本番がんばろう！』

というラインが入っているのに気が付く。

「わたしの名前入りってことは、特別にわたしにだけ連絡をくれたのかな?」

なんてことを考えてしまう。

文化祭の準備では修平くんと一緒に文化祭実行委員会の会議とかにも出ていたし、全然あり得ない話ではない。

そうだとしたら素直に嬉しいし、ちょっとだけ優越感。

「でもみんなに送ってる可能性もあるよね。っていうかその可能性のほうが高いかな?」

修平くんってそういうところ結構マメだから。

なのに自分だけ特別扱いをしてもらった、とか勘違いして浮ついた返信をしちゃったらわたしは完全に「イタい人」だ。

修平くんにそんな風に思われるのだけは絶対に避けたい。

「修平くんってば文化祭にかける情熱が半端じゃないもんね。一生記憶に残る文化祭にするんだって、真面目な顔していつも言ってるし」

彼のモチベーションがどこから湧いているのか、残念ながらわたしには分からない。

本人は夏休みに一念発起したって言っているけど、なんとなくそれだけじゃない気がしなくもなかった。

だけどどんな理由があるにせよ、

「一生懸命な姿はすごく素敵だな……」

修平くんのがんばる姿を見るたびに、わたしの胸の中は得も言われぬむず痒い感覚でいっぱいになってしまうのだ。

結局あれこれ悩んだ末に、

『修平くんもお疲れさま。明日の文化祭がんばろうね！』

と当たり障りのない文面で返すことにする。

間髪を入れずに続けてスタンプもペタリ。

こっちは「ふぁいと」という文字にハートが飛んでいて。

えへへ、ちょっとだけ冒険してみました。

「仲のいい友達でクラスメイトで席だって隣なんだから、これくらいは普通だよね？」

普通だと思う。

普通のはず……きっと、メイビー、多分。

するとすぐに『おう！』というやる気に溢れたスタンプが返ってきた。

ちょうどスマホが近くにあったみたいだ。

ラッキーと思いながら少しだけ修平くんと楽しくやりとりをして、わたしは明日に備えて今日は早めにベッドに入った。

さぁ明日は待ちに待った文化祭だ――――！

第四章　文化祭(前編)

Episode.4

『色統一コスプレ喫茶』——正式名称『一—五喫茶スカーレット』の準備は順調に進み。

そうして迎えた文化祭当日。

多くのクラスメイトたちと同じように割とどこにでもある赤いTシャツを着た俺は、教室の隅で暗幕に仕切られただけのなんちゃってバックヤードの中で、ホットプレートで次から次へとホットケーキを焼いていた。

今日の俺は一〇時に文化祭がスタートした直後の、一番手でホットケーキを焼く大役を任されているのだ。

その後はクラス全体を監督することになっていた。

といっても問題がなければ特に何をするわけでもないんだけれど。

ちなみに正式名称の中の『一—五』はイチゴと読み、赤色のイメージとともに掛詞になっていて一年五組をアピールしている。

スカーレットは英語でそのまんま赤色の意味だ。

ハスミンたち女子が考えた名前なんだけど、俺もかなり気に入っていた。

それはさておき。

「焼き上がったぞー」

前日練習の成果を存分に発揮した俺が、ふんわり綺麗（きれい）なきつね色に焼き上がったホットケーキを紙皿に乗せると、

「ここからは女子力の見せどころね。綺麗に盛り付けるわよ」

それを裏方担当の女子たちがホイップクリームとフルーツで煌（きら）びやかに盛り付けていく。

「ホットケーキ・フルーツミックス盛り四枚入りました～」

「織田（おだ）くん、こっちもミックス盛り二枚だよ！」

さらには追加のオーダーが次々と入ってくる。

「了解だ」

俺はさらに六枚のホットケーキを焼いていき——。

交代要員とローテしながら、俺は一二時までの午前中の二時間、ひたすらホットケーキを焼き続けた。

一二時になって次の担当チームにホットケーキを焼く係を代わると休憩に入る。

赤いTシャツの上に制服のシャツを着た俺は、みんなの邪魔にならないようにいったん廊下へ出ると、スタートからここまでいい感じに繁盛している『一―五喫茶スカーレッ

ト』を外から眺めてみた。

（うんうん。やっぱりみんなで力を合わせて何かをするのっていいよなぁ）

結構なお客さんが入っているのを見て、得も言われぬ達成感が込み上げてくる。

魔王カナンを討伐した時の、力の限りを振り絞って手にした命がけの達成感とはまた一味違った、それは穏やかな温もりに満ちた充実感とも言える感情だった。

あとこれは完全に余談なんだけど。

実はメニュー作りの時にパンケーキとホットケーキ、どちらの名称を使うかでちょっとだけ議論があった。

最終的に『ホットケーキミックスを使うんだからホットケーキだろ？』派が僅差で『今どきホットケーキは古い、パンケーキのほうがオシャレで映える』派に勝利し、今回のメニューはホットケーキになっている。

閑話休題。

クラスメイトでコスプレしている人は三割ほど。

残りは俺と同じで、各々が持ってきた赤系のシャツを着ている。

まぁコスプレといっても浴衣ドレスやチャイナ服だったりとかで、ガチでコスプレをしているのは三人しかいないんだけど。

一人はやたら可愛いフリフリミニスカートの巫女さんで、もう一人は魔女っ子だ。

そして残る最後の一人はというと、俺の一番の親友こと柴田智哉だった。

というか智哉はその中でもぶっちぎりで目立っていて、かつ大人気だった。

というのも。

智哉は赤いロボット――世界一有名な日本のロボットアニメに出てくる、額から一本ツノを生やした赤いロボットの全身着ぐるみ段ボールコスプレをしていたからだ。

このコスプレ（っていうかロボプレ？）は智哉がコミケに参加するために作っていたもので、その出来栄えときたらあまりにハイレベルで細部まで丁寧に作り込まれている。

そんなハイクオリティに仕上がった赤いロボ智哉が、入り口でプラカードを持って精力的に客寄せをしているのだ。

廊下を歩いている来校者や他のクラスの生徒たちは、吸いこまれるように次々と『一五喫茶スカーレット』へと足を運んでいた。

ここまでのMVPを一人挙げるなら間違いなく智哉だな。

それほどまでにロボ智哉は群を抜いて圧倒的な集客力を発揮していた。

（智哉が楽しんでくれているみたいでよかった）

俺は異世界に行って勇者として戦う中で、陰キャな自分を無理やり変えた。

変えないと文字通り生き残れなかったからだ。

それでも今は無理やりにでも変われて良かったたって思っているんだ。

一度きりの人生なんだから陰キャだって自分を卑下しておどおど過ごすより、みんなと一緒に色んなことしたほうがきっと楽しいと思うから。

だから陰キャ友達だった智哉が、今日こうやってクラスのみんなと仲良くあれこれするのを楽しんでくれて、俺はすごく嬉しかった。

(すぐに変われってのは無理だと思う。でもこれで智哉も少しでいいから自分に自信を持ってくれるといいな)

そんなお節介なことを少しだけ考えながら、俺は再び一年五組の教室へと視線を向けた。

教室では主に女子と、一部の男子が赤い服を身にまとって接客に勤しんでいる。

接客係が女子メインなのは単に希望者が多かったからだ。

その中でも、

「お待たせしました。ホットケーキのフルーツ盛りをお二つです♪」

この前こっそりと俺にだけ見せてくれた赤い浴衣ドレスを可愛く着こなし、素敵な笑顔を振りまくハスミンの姿は抜群に目立っていた。

そんなハスミンの姿を俺は自然と目で追ってしまう。

お客さんでいっぱいの教室の中を、笑顔を振りまきながら所狭しと行き来するハスミン。

燦々と照らす日の光を浴びた夏のひまわりのような明るく元気な笑顔に、俺はどうしようもなく見惚れてしまっていた。

と、

「ねーねー、織田くーん！　休憩中でしょー」

「アタシらと一緒に写真撮ろーよー！」

すっかり浮かれ気分なクラスメイトの女子二人組が声をかけてきた。

「いいぞー」

この二人とはそこそこ仲良くしていて連絡先も交換している。

もちろん断る理由はない。

「やった！」

「ごめーんミカ、写真お願ーい」

女子二人は隣のクラスの友達らしき生徒にスマホを渡すと、俺の左右に別れて両サイドから俺の腕を抱き抱えるようにしてくっついてきた。

「ちょっと近くないか？」

女の子特有の柔らかい感触に左右からサンドイッチされた俺は、それとなく指摘してみたものの。

「文化祭だからこれくらい普通でしょー？」

「そうそう、お祭りなんだしー」

二人は楽しそうに笑いながらさらに密着度を増してきたのだ。

「たしかにお祭りに堅苦しいのは似合わないか」

「でしょでしょ？」

「それに今ならハスミンが向こうを向いて接客してるしねー♪」

「ねー♪」

「なんでここでハスミンの名前が出てくるんだよ？」

突然ハスミンの名前を出されて困惑する俺に、

「さぁ、なんででしょうねー？」

「ねー！」

二人は俺を間に挟んで視線を合わせるとクスクスと笑い合った。

ううむ、よくわからん。

妙に楽しそうに笑っている二人に内心首を傾げながら、俺は両手に花状態で写真の撮影をしてもらった。


「ねぇ織田くぅん、ちょっとお話してもいいかなぁ」

写真を撮り終えた二人が友達と連れ立って人込みに消えた後。

俺はまたすぐ、スッと近寄ってきた女の子から声をかけられた。

声のした方へと視線を向けると、

「こんにちは♪　それと初めましてかな？」

そこには女子にしては背が高くすらっとしたモデル体型の美少女が、うちの高校の制服を可愛く着崩しながら、とびっきりの笑顔で俺を見つめていた。

胸のあたりまである長いふわふわの巻き髪。

薄いメイクだけでバッチリと決まる、とても均整の取れた美しい顔立ち。

髪の毛の先から爪の先に至るまで、まるで雑誌かなにかの写真から抜け出てきたかのようなパーフェクトな美少女っぷりには、俺も見覚えがあった。

クラスは違うし今の今まで接点らしい接点は一度もなかったが、同じ一年生で名前は確か――、

「――二条(にじょう)さんだっけ？　三組の」

「わっ、織田くんとは話したことはなかったけど、私の名前知っててくれたんだね♪　嬉しいなぁ♪」

二条さんはそう言うと、脇を締めつつ胸の前でぎゅっと両手を握る可愛らしいポーズを見せる。

「そりゃ二条さんは有名人だからね。モデルをしてるって話は俺も聞いたことがあるよ」

かなり可愛いハスミンを差し置いて学校一の美少女と名高い二条さんを知らない生徒は、少なくとも一年生にはいないだろう。

ファッション誌かなにかで専属の読者モデルをやっているとか、有名な芸能人の知り合いがいるとか、そういったキラキラした噂には事欠かない。

「ええー、そんなことないよぉ。モデルだって私に内緒でお母さんが勝手に応募したら、面接してた偉い人に偶然気に入られちゃってぇ、たまたま採用されちゃっただけなんだもぉん」

「へぇ、そうなんだな」

なんか独特の喋り方だな。

媚びているっていうか。

「それに有名人といえば織田くんもでしょ？」

「俺がか？」

「二学期から本気を出したスーパーマンってクラスの男子が騒いでたよぉ？　体育とかすっごい大活躍なんでしょ〜？」

「まぁ、な。夏休みにちょっと一念発起したんだ」

「ふぅん、そうなんだぁ。カッコいいねっ。私、そうやってがんばる人って好きだなぁ」

二条さんは甘ったるい声で嬉しそうに言うと、俺の右手を両手でそっと包み込むように握ってくる。

「ありがと。それで二条さんは俺に何の用なのかな？」

うーん、さっきから言うこともやることもどうにもわざとらしいんだよな。

五年の異世界生活で培った俺の直感がそう告げていた。

完全に初対面なのにさっきからやけに馴れ馴れしいというか、どうにも距離感が近すぎる。

そしてもう一つ。

普段ハスミンが見せてくれる自然な笑顔とは違って、意図的に作られた仮面の笑顔だと、俺は本能的に確信を抱いていた。

今俺の手を取ったのも「こうすればドキッとするでしょ？」って思ってやっているのが見え見えだ。

何が目的だ？

二条さんの意図が摑み切れなかった俺は、表情にはいっさい出さずに心の中だけで警戒感をわずかに強めた。

「用ってほどのことでもないんだけどぉ、よかったら私と一緒に文化祭回らないかなって思ってぇ」

俺の手をそっと離した二条さんは、ふわふわの髪を人差し指でくるくるしながら上目づかいで言った。

「俺とか？」

「今日一緒に回るはずだった友達が急に無理になっちゃってぇ。どうしようかなって思ってたら、偶然織田くんの姿が見えたから思いきって声をかけてみたの」

「約束をすっぽかされるなんて、せっかくの文化祭だったのに残念だったな」

「あ、友達って言っても、もちろん女の子だからね？」

「別に男子でも女子でも俺は特には気にしないけど」

「ふうん？」

ピンと立てた人差し指を今度は唇に軽く当てながら、こてんと小首を傾げる二条さん。

そんな二条さんのことを、俺は会話をしつつじっくりと観察する。

そしていきなり初対面の相手にこうもフランクに接する理由について、高速で頭を巡らせていた俺はとある結論へと至った。

間違いない。

確信めいた感覚があった。

たしか二条さんの三組も、うちのクラスと同じで喫茶店をやっていたはず。

制服喫茶という名前で、今しか着ることができない高校の制服の魅力をストレートにアピールした、しかしやや手間を省いた喫茶店だ。

ただここから見える限りでは、うちのクラスほど流行(はや)っているとは言えなかった。

だから俺との文化祭デートにかこつけて、繁盛している『一─五喫茶スカーレット』のノウハウやコツを聞き出そうとしてるんじゃないだろうか。

これなら学校カーストトップの二条さんが、こうまでわざとらしい態度で俺を誘ってくるのにも納得ができる。

（状況から推察するに、この理由で間違いないはずだ）

もちろん文化祭は他のクラスも含めてみんなで成功するべきだと思う。

だから情報共有という形でうちのクラスの現状を話すのはやぶさかではない。

だけど——、

「ごめん、この後は先約があってさ。仲のいい友達と一緒に文化祭を回ることになってるんだ」

ノウハウというほどのものではないが、情報共有することで文化祭が盛り上がることは間違いない。

他のクラスとはいえ別に売り上げを競っているわけでもないし、みんなが文化祭を楽しめたほうがいいと思うから。

でも約束の時間が迫ってるからちょっと時間がないんだよな。

「女の子？」

「そうだな」

隠すことでもないので正直に答える。

「そっかぁ、先を越されちゃってたかぁ。ざーんねん」

「せっかく誘ってもらったのに悪いな」

「ううん、気にしないで。じゃ、また今度、遊びにでも行こうね」

二条さんは最後に社交辞令でそう言うと、うちの教室前から去っていった。

「修平くんお待たせー」

そこへフロア担当の仕事を終えたハスミンが、入れ替わるように廊下へと出てきた。

「ハスミンもお疲れさん」

「ごめんね、お客さんがいっぱいでちょっと抜けられなくて」

「全然待ってなんかないっての」

「そう？　ならいいんだけど」

「あとその浴衣ドレスやっぱりいいな。すごく似合ってる」

「ふふっ、ありがと♪」

いつも通りのハスミンの受け答え。

しかし俺にはハスミンの目がなにやら物申したそうに見えた。

「どうした、なにか言いたいことがありそうな顔をしてるぞ？」

「別に大したことじゃないんだけど、修平くんって二条さんと仲良かったんだなって思って」

「見てたのか」

「違いますー、見えたんですー。故意じゃなくて過失ですー」

別に故意でも過失でも大して変わらなくないか？

変なハスミンだな。

「別に仲良くはないよ。声をかけられただけ。そもそも話したのも今日が初めてだし」

「あれ、そうなの？　その割にはすごく仲良さそうに話してたように見えたんだけど」

「同じ高校の同級生なんだからいきなりケンカ腰で話はしないよ。たしかに二条さんは妙に距離感が近かったけどさ」

「ふぅん……ちなみに何の話をしてたの？」

なんだかえらく突っこんで聞いてくるな？

もしかしてハスミンは二条さんと仲良くなりたいのかな？

でも残念ながら、仲介できるような仲良しさんじゃないんだよなぁ。

「この後、一緒に文化祭を回らないかって誘われただけだよ」

これまた別に隠すことでもなかったので俺は正直に答えた。

「えええええっ!?」

するとハスミンが目を大きく見開いて驚く。

おいおいハスミン、その反応はちょっとどうなんだ？

俺が二条さんに誘われるなんてあり得ないってか？

まぁ実際そうなんだけど。

二条さんはデートとかそういう意図はなく、『一一五喫茶スカーレット』が盛況だった理由を聞くためだったんだろうし。

「なんでも友達と回る予定だったのに、ドタキャンされて一人になっちゃったんだと」

「そ、そそ、それで修平くんはなんて答えたの？」

「なんて答えたって、そりゃハスミンと約束してたんだから、先約があるからって断ったぞ？」

「ええっ、断ったの⁉　もったいなくない⁉　だって二条さんのお誘いだよ⁉　読者モデルとかやってる超美人さんなのに！」

「そりゃ美人かもしれないけど、初めて話すような相手と文化祭を回ったりはしないよ」

「で、でも……」

「それにハスミンと見て回るって約束してたしな。気心の知れたハスミンと回ったほうが絶対楽しいだろうし」

それに関しては、俺が悩む余地は微塵もありはしない。

「そっか……修平くんはわたしと一緒に文化祭回るほうがよかったんだ……」

「そりゃそうだろ？」

「うん……えへへ……」

「ま、二条さんもクラスの喫茶店を盛り上げようと必死なんだろうな」

「えっと……急になんの話？」

「二条さんが俺を誘った理由だよ」

「……はい？」

「二条さんは俺にクラス出し物の盛り上げ方を聞きたかったんだろうなって話だろ？　俺たち今まさにそういう話をしてたよな？」

「えーと……ああうん、そうだね。えへへ、そうだよ、きっと」

？　なんとも変な反応だな？

「まあいいや。突っ立ってても時間がもったいないし、早速行くか」

「うんっ♪」

俺はハスミンと連れ立って文化祭で盛り上がる校内を見て回り始めた。

休憩と言いつつ、他のクラスの出し物を偵察しながら『一―五喫茶スカーレット』のプラカードを持って宣伝するのが、これからの俺たちの任務なのだ。

――とは言うものの。

実際には、

「なんだか文化祭デートしてるみたいだよね……？」

二人で文化祭を見て回るという、デートみたいな感じになってしまっていた。

ハスミンが隣を歩きながら、ちょっと顔を赤くして上目づかいで俺を見上げてくる。

「実は俺もちょっと思ってた」

「あはっ、だよね！」

ちなみにクラス委員と副クラス委員が同時にクラスを離れるのは、ちょっとどうかと思ったんだけど、

『校内にいるんでしょ？　だったら何かトラブルがあったらスマホで呼べばいいだけだし』

『だよね～』

『気にせず行ってきなよー』

『そうそう、クラス委員で二人して準備をがんばってくれたお礼っていうか』

『二人で好きなだけ楽しんできてね～』

『はい、プラカード。一応宣伝だけよろしく。持って歩くだけでいいから』

『二人ともスマホの電源は入れておいてね。何かあったら連絡するから』

クラスのみんなからやたらと笑顔で言われてしまったのだ。

主に女子から。

どうやらちょっとしたお節介を焼かれてしまったようだ。

もちろんハスミンと文化祭を見て回るのは全然嫌じゃない――それどころかすごく楽しみだ。

（そうと決まれば、せっかくお膳立てしてもらったんだから目一杯楽しまないともったいないよな）

俺は宣伝のプラカードを持ちながら、ハスミンと一緒に文化祭で盛り上がる校内を見て回り始めた。

【三年一組、タピの宿】

「うわっ、ここすごく流行ってるね？」

「三年一組は、ええっとなになに……タピオカドリンク専門店か」

最初に向かった三年一組の教室内は文字通り大盛況だった。

浴衣姿に着飾った女子の先輩方が、

「冷たいタピオカドリンクはいかがですかー！　現在満席ですが、テイクアウトも可能ですよー！」

明るい声で呼び込みをしている。

「うわー、これはまたベタに強いところ来たね。学園祭の出し物の人気ど真ん中って感じかも」

「今日は晴れてて暑いから入れ食い状態だよな。さすが三年の先輩だ、今年初めての俺たちとは経験値が違う」

感心しながら見ている俺たちの前で、校舎に入ってきた来校者たちは次々と足を止めてはタピオカドリンクを購入していた。

「うちのクラスもドリンクでタピオカやればよかったかもね。テレビで結構簡単に作れるって言ってたし」

「意外だな、結構手間かかりそうなイメージなんだけど」

「解凍すれば使える冷凍タピオカさえあれば、後はドリンクに入れるだけみたいだよ？」

「想像してた以上にお手軽だな……ま、それも込みで来年以降の参考にさせてもらおう」

俺は心のメモ帳に「タピオカドリンクは意外と簡単、人気も抜群」と書き込んだ。

「あと『タピの宿』って名前がちょっと笑えない？　思わずクスッときちゃったもん」

「旅の宿ならぬ『タピの宿』だもんな。俺も理解した瞬間ちょっと笑ってしまった」

「よく考えてるよね。これは一本取られたなって感じ」

「やっぱりどこのクラスも、学校側の定めた厳しいルールの中で全力で文化祭の出し物を作り上げてるよなぁ」

「高校の文化祭は一生で三回しかないもんね。やるからにはやっぱり全力でやらないとだし」

「まったくだな」

ハスミンの言葉に俺は心の底から同意する。

かつての俺は、こんな貴重な体験をドブに捨てようとしていたのだから笑えない。

でもまだ間に合う。

俺はリスクール——高校生活をやり直す。

そのためにもまずは今日の文化祭を、文句なしに最高の形で終えてみせるぞ——！

「やけに真剣な顔してどうしたの？」

心の中で改めて強く誓った俺に、ハスミンが不思議そうな顔を向けてくる。

「他のクラスのがんばりを見て改めて文化祭をがんばろうって思ったんだ」

「ふふっ、他のクラスのがんばりを見てさらにやる気アップってことだね♪」

「まだ文化祭は始まったばかりだからな。先輩相手だからって負けてられないよな」

「その意気その意気♪　がんばれー♪」

ハスミンが楽しそうに俺の背中を二回ポンポンと叩いた。

「負けてられないと言えば、ハスミンたちの考えた『一—五喫茶スカーレット』も名前の完成度じゃ全然負けてないよな。初めて聞いた時、『こう来たか、やるな』って思ったもん」

「えへへ、ありがと♪」

「あれってハスミンが考えたんだよな？」

「わたしがっていうよりは、女子で集まっておしゃべりしながら適当に案を出してた時に、流れでふと思いついただけなんだけどね」

ハスミンは謙遜したように言うが、ふと、で思いつけるなら誰も苦労はしない。

「俺はこういう面白い発想するのは苦手なんだよな。頭の柔軟性に欠けるっていうか」

「あっ、偶然にも修平くんの弱点を発見しちゃったかも？」

「おっとしまったな、みんなには内緒にしてくれないか？　トップシークレットなんだ」

「ええ〜？　どーしよっかな〜？　何でもできる修平くんの弱点はみんな知りたいだろうしな〜？」

「そこをなんとか、俺たち二人だけの秘密にしてくれないか？」

悪ノリして楽しそうに言ってくるハスミンに、俺はプラカードを首と肩で挟んで固定しつつ両手を合わせてお願いした。

すると。

「あ、うん……」

「どうした？」

「え？　ううん、なんでも……」

「そうか？」

なぜかハスミンが急に言葉少なになってしまったのだ。

「じゃあこれは二人だけの秘密ってことで……ね？　約束だよ……？」

「おう、約束な」

なんだろう。

さっきまでお互いノリよく話してたのに突然何がどうなったんだ？

俺、ハスミンの機嫌を損ねるようなこと言ったかな？

「じゃあ次、行こっか♪」

だけどハスミンは再び笑顔になると、今度は俺の右手を取って軽く引くようにして歩き出す。

そこには沈んだ雰囲気はみじんも感じられない。

むしろさっきよりも楽しそうな様子が見て取れた。

（うーん、難しいな……）

やはり俺の本当のウィークポイントは、頭の柔軟性が足りないことよりも女の子と仲良くなった経験の少なさから来る女心への理解の浅さだな。

早めに改善しないと、いつか取り返しのつかない失敗をしてしまいそうだ。

そんなことを考えつつ俺も歩き出す。

ハスミンと触れ合う右手、そこから伝わってくる柔らかい感触がなぜだか妙に気になった。

【三年二組、お冷や処・すむーじ】


続いて訪れたのはすぐ隣の三年二組。

「ここはすごく可愛い名前だね」

「名前の通りスムージー屋みたいだな」

「続けて飲料系だね？」

「この時期はまだ昼間は残暑が厳しいから、やっぱ飲料系が強いよなぁ。特に今日は暑いし」

「しかもスムージーならお手軽だもんねー」

「基本冷凍の果物とかを入れてミキサーかけるだけもんな。ミキサーなら持ち込み許可もなんとか下りるだろうし」

「やっぱり三年生は文化祭も三回目だから、お手軽で人気なジャンルをよく知ってるよね」

「だな。ただ強いて言えば」

「強いて言えば？」

「その分だけ他のクラスと被る確率が高いってのが、俺としてはちょっと気になるところかな？」

俺はそれが少しだけ気にかかっていた。

お手軽ということは他のクラスもやる可能性が高いということだ。

つまり客の奪い合いになる。

「それは確かにねー。お隣のクラス同士で被ったりとかしたら悲惨かも」

「しかもなぜか片方だけ繁盛して、もう片方は閑古鳥だったりするんだよなぁ」

「えーと、それはちょっと笑えないかも……」

【三年五組、タピオカ専門タッピーナ】

「三年五組、タピオカドリンクやってまーす♪」

「今ならお席も空いてますよー♪」

「待ち時間ゼロでーす♪」

「冷たいドリンクで一息つきませんかー♪」

「あ、そこのイケてるカップルさん、うちでタピっていきません？」

「彼女さん超可愛いから特別サービスしちゃいますよー？」

呼び込みの女子生徒（なぜか七人もいる）の明るい声と素敵な笑顔が、手を繋いで歩いていた俺とハスミンへと向けられた。

「か、カップルだって……べ、別にわたしたちそういうんじゃないのにね……もう……」

投げかけられた言葉にやや過剰に反応したハスミンが恥ずかしそうな声色でつぶやく。

「まぁ、プラカードを持っているとはいえ男女二人で回ってるからな。傍からはそう見えるかもだ。手も繋いでるし」

実際、文化祭デートを楽しむ生徒を既に何人も見かけている。

「あの、えっと……修平くんは、その……そう見られても別に構わない的な……？」

「それくらいじゃ気にはならないぞ？　ハスミンと仲がいいのは事実だしな」

女の子と仲良くしているのを冷やかされて恥ずかしがるようなへなちょこメンタルは、五年の異世界暮らしの中でとうの昔に捨て去っている。

「そ、そうだよねっ！　仲がいいんだからこれくらい普通だよねっ！　ふふふっ、ふー♪」

「お、おう」

ハスミンのやつ、今度は急にテンション爆アゲしてるみたいなんだけど、どうしたんだろう？

もしかして俺とカップルだと思われて嬉しかったのか――なんてバカなことはもちろん思ったりはしない。

しかしながら、ハスミンが元気になった理由もどうにも分かりかねていた。

さっきはスルーしたけど、タピオカドリンクが飲みたくなってうずうずしてるのかな？　女の子は特にタピオカドリンクが好きみたいだし。

ま、さっきも思ったけど、長らく陰キャだった俺にはまだまだ繊細な女心の機微は分からないので今は深くは考えないでおこう。

少なくともハスミンが嬉しそうなのは間違いないんだから。

「でもあれ？　ここもタピオカドリンク屋さんだけど、さっきの三年一組と比べて全然流行ってないよね？　ガラガラだよ？　なんでだろ？」

お客さんがほとんどいないガラガラの教室を覗き込みながら、ハスミンが不思議そうに首を傾げた。

内容が内容なので、俺にだけ聞こえるように声量を抑えている。

「ガラガラというか、一人も客がいないような」

なので俺も小さな声で言葉を返す。

「もしかしてあんまり美味しくないのかな？　もしくは値段設定が高めとか？」

「高校生が文化祭で出すドリンクに、そこまでの差があるとは思えないけどな」

年に一度の文化祭には一見さんしかいないから、いわゆるリピーターは基本的に存在しない。

だから事前には味の違いは分からないだろうし、そこは集客に差が出る大きな要因にはならないはずだ。

そもそも高校の文化祭の出し物に、そこまで美味しさを求める客は多くはないだろう。

「それはそうだよね。でもじゃあ、なんでこんなに差が出てるんだろ？」

「多分なんだけど動線の差じゃないかな？」

「動線の差って？」

ハスミンが「何言ってるかイマイチよく分かんないかも？」って顔を見せた。

「ほら、さっきの三年一組の『タピの宿』は、校舎入り口の階段を上がってすぐだっただろ？」

「うん。来校者向けのパンフレットに書いてある順路通りに回ったら、あそこが一番最初だよね」

「残暑厳しい屋外から校舎に入ってきて喉が渇いてる人が、まずあそこでタピオカドリンクを買ったとする」

「暑くて喉が乾いてて、それで入ってすぐタピオカドリンク屋さんがあったら、わたしもとりあえずタピっちゃうかも。あんまり深く考えないで」

「だろ？で、そのタピっちゃった人は、この階で入り口から一番遠いところにある三年五組のタピオカ屋を、ほぼ間違いなくスルーすると思うんだよな」

「あ、そういうことね、なるほどなるほど。なんとなく言いたいことが分かったかも」

ハスミンがアッて顔を見せた後に、ふんふんと頷く。

「そして三年一組の『タピの宿』はものすごく流行っていた」

「うわぁ、それってもう完全に戦う前から負けてるってことだよね？　配置負けしちゃってるじゃん」

「タピオカドリンクが被っただけならまだしも、ライバルの立地がよりにもよって入り口に一番近い一等地だったのが、このクラスの運の尽きだったんだろうな」

俺の見立てではこんな感じだが、おそらくそう大きくは外れていないだろう。

「運かぁ……それは本気で辛いよね。三年五組の先輩たち、なんかもう完全にお通夜ムードだし……」

呼び込みの女の子たちだけは元気いっぱいだけど、それも三年五組の状況を踏まえて改めて見てみると、なんとなく空元気っぽいもんな。

「三年生は高校最後の文化祭だからな。特に出し物の責任者は、これは相当辛いだろうな」

「ううっ、責任者の気持ちを想像するだけで胃がキリキリしてきたし……」

すっかり感情移入しちゃっているハスミンが、お腹の上のあたりをさすり始めた。

もし自分が同じ境遇だったとしたら、俺もクラスのみんなへの申し訳なさでいっぱいになっていることだろう。

「七人も呼び込みがいるのもきっと必死さの裏返しなんだろうな」

「多分ね──……」

　幸いにも『一─五喫茶スカーレット』は可愛く着飾ったハスミンが人気だったおかげもあって、これ以上なくいいスタートダッシュを切ることができている。

「これも反面教師として来年以降の参考にさせてもらうとするか」

　俺は心のメモ帳に「立地はとても大事」と書き込んだ。

「で、どうしよっか？」

　ハスミンが五Ｗ一Ｈの欠片もない曖昧な言葉で尋ねてくる。

　しかし俺にはその意図がこれ以上なくしっかりと伝わっていた。

「ここでタピオカドリンクを買っていっていいか？　針のむしろみたいな状況にいるであろう責任者の気持ちが、ちょっと他人事とは思えなくてさ」

「修平くんは一年五組の責任者だから同じ立場同士、三年五組の責任者の人の気持ちがこれでもかって分かっちゃうよね」

「すごく分かっちゃうんだ。このクラスだって高校最後の文化祭のために、他のクラスに負けず劣らずしっかり準備してただろうしさ」

　入り口で迎えてくれるお洒落なウェルカムボード。

　有名コーヒーチェーン店を模したスタイリッシュなメニュー表。

七人も人数をかけての必死の呼び込み。

努力のほどがこれでもかと伝わってくるから。

「じゃあわたしも一緒にここでタピろうかな。話してたら喉乾いちゃったから。席が空いてるっていうし、ちょっと座ってこ？」

「決まりだな」

俺たちが注文に行くと、三年五組の先輩たちは途端にすごく嬉しそうな顔になった。

二人で同じタピオカミルクティーを注文すると、カップのふちのギリギリいっぱいまで並々と注いでくれる。

「後でカップル向けの特別サービスをお持ちしますね♪」

さらには呼び込みのお姉さんの言葉どおりサービスしてくれると言われ、俺たちは案内された席に座った。

「やっぱり普通に美味しかったね。お店で売ってるのと全然変わらないし」

ハスミンが大きなストローでチュルンとタピオカミルクティーを美味しそうに飲む。

「甘さも絶妙だし、かなり研究して作ってるよな」

「なのに場所が不利なだけで売れないだなんて、良いもの作れば売れるってわけじゃないんだねぇ」

「もっとお客さんが入ってくれるように祈っておくか」

「わたしたちにはそれくらいしかできないもんね」

雑談しながら二人でタピオカミルクティーを飲んでいると、

「お待たせしました～♪　熱々のカップルさんに特別サービスのラブラブストロー・タピオカミルクティーでーす♪」

おそらくクラスで一番美人な先輩が、満面の笑みでタピオカミルクティーをもう一つ運んできた。

中身は今飲んでいるのと同じ普通のタピオカミルクティーだろう。

しかしカップは一つだけ。

なによりストローが大きく違っていた。

「こ、これって……」

「こんなのリアルにあるんだな」

ラブラブストローという名前の通り、なんと二本のストローが途中で絡まりあってハートの形になっていたのだ。

アニメの中にしか出てこなそうなベタなアイテムに、まさかこんなところで遭遇するとは思わなかったぞ。

しかも記念に写真撮影までしてくれるらしい。

ここまでしてもらっておいて今さらカップルじゃないとは言い出せず、俺とハスミンは流れに身を任せることにした。

「じゃあ二人でラブラブストローに口を付けてくださいね。照れなくても大丈夫ですよ、どうせ他にお客さんはいませんから♪　ささっ、遠慮せずにラブラブストローを満喫しちゃってください♪」

わ、笑えない自虐ネタだな……。

あと何度もラブラブストローって連呼するのはやめて欲しい。

さすがの俺も心持ち恥ずかしいぞ。

「じゃあ、やるね？」

「お、おぅ」

俺とハスミンはハートの形に絡まったラブラブストローをそれぞれ咥えた。

「じゃあ撮りますねー。でも表情がちょっと硬いかも？　はい笑って笑ってー」

先んじてハスミンが手渡していたスマホから軽快な撮影音がパシャっと鳴った。

「えへへ、学校の文化祭でこんなことするなんて、なんだかバカップルみたいだね」

「ちょっとな……でもお祭りだし、たまにはこういうのもいいんじゃないか？」

きっと人生の最後に思い返すようないい思い出になって残るはずだ。

「ふふっ、だよね♪　あ、ラインで写真送っておいたよ」

えている。

「サンキュ」

スマホを確認すると、とびっきりの美少女と平凡未満の男子がハート形のストローを咥えている。

こうやって客観的に見ると、外見的にはさっぱり釣り合っていないな。

というか比べるのもおこがましいほどにハスミンが美少女すぎた。

「こんな写真、とてもじゃないけどクラスのみんなには見せられないね」

ハスミンが写真を見ながら楽しそうに笑う。

「これも二人だけの秘密だな」

「うん、これも二人だけの秘密だね……えへっ♪」

「どうした？」

「なんでもないもーん♪　あ、そうだ。せっかくだし自撮りでも撮ろうよ」

言うが早いかハスミンがスマホを自撮りモードに切り替える。

「女子ってほんと自撮りが好きだよな。自撮りってあんまり綺麗に撮れなくないか？」

「綺麗には撮れなくても臨場感とか空気感が違うんだよねー♪　ってわけで、はいっ♪」

もちろん俺に断る理由はない。

俺は再びハートに絡み合ったラブいストローを咥えた。

「見切れてるからもうちょっと真ん中に顔を寄せてくれる？　そうそう、横からストロー

を軽くついばむ感じで……それで目線はこの辺りに向けて……」

ハスミンが自撮り素人の俺にアドバイスをしつつ、そっと頭を触って位置を微調整してくれる。

互いの頰(ほお)が触れ合うほどに接近して、甘いいい匂いが漂ってきて、俺は胸の奥がなんともむず痒(がゆ)くなっていくのを感じていた。

「じゃあ撮るよー。じっとしててね……はいっ」

ハスミンがパシャっとシャッターを切る。

二人でスマホを覗き込むと、写真に写る俺はやっぱりなんとも微妙な顔で写っていたが、対照的にハスミンは相変わらずの美少女っぷりだった。

「普通に撮るよりさらに格差が開いた気がするな」

「格差ってなんの話？」

「ごめん、何でもないんだ。今のは気にしないでくれ」

「そう？」

その後しばらく三年五組でタピっていると徐々にお客さんが増えてき始めた。

そしてその全てがカップルだった。

どうやら俺とハスミンのラブラブストローな撮影を外から見た文化祭デート中のカップルが自分たちもと入店し、そこから連鎖的に次々とカップルが入りだしたようだ。

その流れは爆発的に加速していき、今や三年五組の教室はラブラブストローでタピオカドリンクを仲良く飲んでは楽しそうに撮影するカップルで溢れかえっていた。

廊下からは「申し訳ありません、現在込み合っておりまして少々待ち時間をいただいております～！」という嬉しい悲鳴が聞こえてくる。

「そ、そろそろ出よっか」

「混んできたもんな」

急激に高まっていく店内のラブい空気から逃げるように席を立った俺たちに、

「ありがとう！　君たちが来てくれたおかげでなんとか盛り返せそうだよ！」

「ありがとねー」

「可愛い彼女とこれからも仲良くしなよー」

三年五組の先輩が次々と声をかけてくれた。

「全然狙ったわけでもなんでもなかったんだけど、結果的にいいことをしたのかな？」

「幸せになるのはいいことだよね♪」

俺とハスミンは小さく笑い合うと、偵察という名の文化祭デートを再開した。

【二年三組、ミ○四駆レース場】

次に向かったのは二年生の教室が並ぶエリアだった。

「うわっ、すごいコース！　教室の端から端まで全面だし！」

その中でも二年三組の教室一面に広がったミ〇四駆のビッグコースを見て、ハスミンが今日一番ってくらいの歓声を上げる。

「確かにこれはすごいな。教室一面に広がる段ボールで作った超大型のミニ〇駆のコースとは恐れ入った」

俺もそんなハスミンと同じ気持ちだった。

だってものすごい手間がかかってるぞ、これ。

「ただ平面で走るだけじゃなくて色んなエリアがあるよね。立体的っていうか。わわっ、あそこジャンプしてるよ？」

「ジャンプセクションだな。飛び出し角度と着地が結構シビアなんだよな」

「最近はそんなのまであるんだね。昔はくるくるコースを回ってただけだったのに」

「近所のおもちゃ屋とかにあった簡易コースはそんな感じだったよな」

そういうコースは基本的にスピードとコーナリング能力さえあれば攻略できるけど、この複雑で本格的なコースはそう簡単にはいかなそうだな。

「いろいろ進化してるんだね。それでは解説の織田さん、コースの解説をお願いします」

ハスミンがマイクを握った体（てい）でエアマイクを向けてくる。

「そうだな。まず目立つのは螺旋状に五〇センチ以上駆け上がっていくハイタワーゾーンだな。あそこはトルクの高いパワー系モーターが有利そうだ」

「ほうほうなるほど、パワーが大事と」

「そこから一気に高低差を駆け下りる加速ゾーンに、さらにその加速を生かして突っ込む二連続の縦回転のエリアもポイントかな」

「あれすごいよね、ジェットコースターみたいにグルグルって二回転！」

「スピードに乗ってないと多分二回目が上りきれないと思う」

「なるほどね、パワーに加えてスピードも大事と……ってゆーか、そんなの当たり前じゃん！　わたしでも言えるし！」

ハスミンがわざとらしくほっぺを膨らませた。

「いやいや続きがあるんだよ」

「続き？」

「俺が一番のポイントだと思ったのは実はそのどれでもなくて、中盤のヘアピンコーナーなんだ」

「コーナーって何？」

「モータースポーツだとカーブのことはコーナーって言うんだ」

「専門用語だね、カッコいい～」

「専門用語ってほどでもないんだけどな。で、直前のストレートでスピードに乗りすぎると派手にコースアウトするだろうから、ある程度最高速を上げすぎないように調整する必要があると思う」

そう言っている傍から、俺が指摘したヘアピンコーナーで一台のマシンが曲がり切れずに派手にコースアウトした。

「修平くんって結構詳しいんだね。っていうか声がいつもより弾んでる気がするかも？男の子ってほんとにこういうのが好きだよねー。男の子のロマンってやつ？」

「そうだな、教室一面使った大きなコースを見せられると、小学生の頃に戻ったみたいでどうしようもなく心が沸き立ってくる気はするな」

「ふーん、やっぱりそうなんだね」

「やっぱりって？」

「ほら、このクラスは小さな男の子を連れた親子連れが多いでしょ？　しかもなんとなく子供よりお父さんのほうが楽しそうな気がしたのは、わたしの気のせいじゃなかったんだなぁって」

ハスミンに言われてよくよく見てみると、子供よりもはるかに熱心にマシンのセッティングに勤しむ父さんがちらほら見受けられる。

「これだけでかいコースは公式大会とかにでも行かない限りは、まずお目にかかれないからな。世のお父さん方もつい子供に戻っちゃうんだろうな」

「つまり出し物としては大成功ってことかな？　じゃあそろそろ次に行こう……って、どうしたの修平くん？」

とある場所をじっと見つめていた俺に、教室を出かかっていたハスミンが振り返る。

俺の視線の先に「マシン貸し出し中、セッティングできます」と書いたボードがあった。

「一〇分だけやっていってもいいか？　マシンと簡単なセッティングキットを貸し出してくれるらしいんだよ。俺もこのコースを実際に走らせてみたいんだ」

つまりはそういうことだった。

「あはは。全然いいけど、そんなに好きなんだね」

そんなもん、これを見せられたら仕方ないだろ？

「なんかこう心の奥のワクワクがどうにも抑えられないっていうか、小学校の頃にミニ〇駆をやった記憶がありありと浮かんできてだな……」

「別に言い訳しなくてもいいしー？　ならせっかくだし二人で競争しない？　負けたほうは今度ジュース奢（おご）りで」

すると挑戦的な目をしたハスミンがそんなことを言ってきた。

「ほう、『絶対不敗の最強勇者』と言われたこの俺に挑もうとは、なかなか度胸があるじゃないか。もちろんその勝負、受けて立とう」

呼応するように、俺の勇者の闘争心が激しく燃え上がり始める。

「あはは、なに勇者って。しかも絶対不敗とか言ってるし。修平くんって普段は冷静沈着で真面目なのに、時々唐突に面白いこと言うよね」

「まぁな。けど勝負するのはいいけど、ハスミンってミ〇四駆の経験はあるのか？」

「ないよ？　触ったこともないし。でもオモチャの車をコースで走らせるだけでしょ？」

「それがそんなに簡単なもんじゃあないんだよなぁ。タイヤやローラーのセッティングは本当にシビアなんだから」

「へー」

「このレベルの高難度コースになると、一つセッティングを間違えただけでコースアウト間違いなしだ」

「ふーん、そうなんだね。なんとなく簡単そうに見えるんだけど」

「ハスミンも実際にやってみれば分かるさ。特にこのコースはテクニカルだから完走するだけでも難しいと思うぞ？」

「ええっ、そんなに？」

「ほら、今も立て続けに二台コースアウトしただろ？」

「わわっ、ほんとだ」

視線の先では二台のミ〇四駆がヘアピンコーナー――俺がさっき一番のポイントと指摘

した場所だ――でやはり加速しすぎて曲がりきれずに二台仲良く派手に吹っ飛んでいた。

「賭けるのはやめにしとくか？」

「ううん、やる。せっかくレースするんだもん、賭けたほうが楽しいでしょ？」

しかしそれを見てなお、にへらーと楽しそうな顔を向けてくるハスミン。

「実はギャンブラー気質なのか？　でもその意気込みや良しだ。好きなだけチューンナップしてかかってくるがいい」

俺とハスミンは受け付けに行くと、マシンを借りてセッティングを始めた。

「じゃあ……わたしはこの綺麗なピンクのマシンにするね。セッティングはどうしようかな〜。うん、まずはタイヤ替えよっ。この黒色のホイールは差し色にしたらいい感じに似合いそうだから」

ハスミンは貸し出しコーナーでマシンを選ぶと、楽しそうにセッティングを始める。

しかしそれは色を見て選ぶなどというセッティングというにはあまりにお粗末な、素人でもやらないような「お遊び」だった。

くくく、ハスミン。

そうやって楽しく笑っていられるのも今のうちだぞ？

ミ〇四駆ってのはな、そんな簡単な競技じゃないんだ。

足の速さがステータスな男の子にとって、速さを競うミニ〇駆はいわば自分の分身が戦っているようなものだ。

なにせ速いやつがカッコいい。

そんな男の子のプライドとプライドが激突するガチバトルに、ミ〇四駆素人で女子のハスミンがついてこれるかな？

なにより俺は魔王を倒し異世界『オーフェルマウス』を救った伝説の勇者なんだぞ？

異世界に渡って五年間負け知らず。

常勝にして無敗。

『絶対不敗の最強勇者』の二つ名で呼ばれたシュウヘイ＝オダの本気走りを、とくと見せつけてやるぜ――――！

………

……

…

えー、負けました。

「はい、わたしの勝ちー。今度ジュース奢りねー♪」

おかしいなぁ？

あれぇ？

「も、もう一回だけ……なにとぞもう一回だけ対戦を……！　この通り！　どうかお願いします！」

恥も外聞もかなぐり捨てた俺は、大きく頭を下げて二本目のレースを懇願した。

「別にいいけど、わたしが勝ったらジュースもう一本奢りだからね？」

「もちろんだ！　二本でも三本でも奢ってやるよ！」

「やりぃ♪」

……………

……

えー、あー、その。

追加の一戦もサクッと負けました。

おかしいなぁ……？

「つ、次で最後だから。な、頼む。もう一回だけやらせてくれ！　これで最後にするから、な、な!?　いいだろハスミン？　もう一回だけでいいから最後に一回やらせて欲しいんだ！　これで最後にするから！　最後に俺に思い出をくれないか!?」

俺はハスミンの両肩を摑むと手を前後に揺さぶりながら必死に頼み込んだ。

「もうしょうがないなぁ。じゃあ最後のレースもわたしが勝ったら、今までの分に加えて駅前のカフェのケーキセットも奢りだからね？」

「おうよ、全然いいぞ！」

「やった♪　なに頼もっかなぁ～♪」

もはや勝った気でいる様子のハスミン。

（だが悪いが次に勝つのはこの俺だ――！）

この二戦、俺はただ負けたわけではなかった。

しっかりと負けた原因を分析していたのだ。

俺の分析はこうだ。

今までの二戦では、俺はマシンのトップスピードを必要以上に抑えてしまっていた。

学園祭のために精根込めて作られたこの要素詰め込みまくりの超テクニカルコースに、完璧に対応することにこだわりすぎてしまっていたのだ。

その結果、俺のマシンはコースを完走こそしたもののイマイチスピード感に欠けており、逆に深く考えずに見た目でモーターやタイヤを替えただけで、偶然セッティングがコースにドンピシャでハマっただけのハスミンマシンに、後れを取ってしまったのだ。

策士策に溺れるを地で行ってしまった。

しかしローラーのセッティングすらしていないお遊びセッティングだけあって、ハスミンマシンは決して安定して速いわけじゃない。

上下にでこぼこするウェーブセクションでは、ほぼ直角の九〇度近くまで後輪が跳ね上がっていたし。

きついコーナーではタイヤが外壁に乗り上げるくらい外側が大きく浮いたりと、危うい挙動がいくつもあった。

いろんなところで大きくタイムロスをしていたのだ。

それでもドンピシャでコースにハマっているおかげで、奇跡的にそこそこのタイムでクリアしちゃっているだけなのだ。

（やはり一番のポイントは中盤のきついヘアピンコーナーだ。ここをギリギリ抜けられるスピードを意識してセッティングをすれば、タイムロスが多くたまたま偶然クリアしちゃってるだけのハスミンマシンにならら余裕で勝てる——！）

というわけで。

俺は今度こそ、最後の最後の一戦に臨んだ。

完璧な分析と隙のない理論に基づいた究極セッティングを施した俺の絶対無敵勇者マシンは、序盤からハスミンマシンにリードを保って圧倒的に優位にレースを進めていく。

（これは勝ったな。わずかたりとも負ける要素が見当たらない）

快調にリードを広げていく絶対無敵勇者マシンを見て、俺は勝利を確信していた。

——が、しかし。

ポイントとしていたヘアピンコーナーで悲劇は起こった。

俺の絶対無敵勇者マシンが一瞬何かを踏んだようにフロントを小さく跳ねさせたかと思ったら、その直後。

コーナーを曲がりきれずに無情にもコース外へと吹っ飛んでいったのだ——！

「コースアウトだと⁉　そんなバカな⁉」

コース脇で上下逆さまにひっくり返った絶対無敵勇者マシンは、キュルキュルキュルキュルともの悲しいタイヤの空転音を響かせ続ける。

その脇を少し遅れてやってきたハスミンマシンが悠々と走り抜けていった。

「はい、またまたわたしの勝ちねー。二度あることは三度ある。今度はケーキセットだからねー、忘れないでねー」

「はい……」

目の前の現実を受け入れるのが辛かった。

俺は敗北したのだ。

それも三戦全敗。

完膚なきまでに、これ以上ない完全敗北を喫したのだ。

もちろん言い訳はある。

あのコーナーで何かを踏まなければ——小さな小さな段ボールの切れ端でもあったのだろうか——俺はあのまま勝っていたはずだ。

だがしかし何を言っても負けは負け、結果は変わらない。

俺の絶対無敵勇者マシンは無残にコースアウトし、ハスミンマシンは三度目の完走をしてみせたのだから――。

「これはもうあれだな。ハスミンはミ〇四駆の女神に愛されてるんだな……そう思わないとやってられない……」

俺が勇者として五年に渡って積み上げてきた常勝にして無敗、絶対不敗の最強神話は、今日この瞬間をもってひっそりと幕を閉じたのだった。

こうして『オーフェルマウス』を救った最強の勇者は、ただの一度も勝利を手にすることができず、最後は完走すらできずに三連敗を喫し、深い悲しみの沼の底へと沈んだ……。

「男子ってほんとミ〇四駆好きだよね。いつもクールな修平くんがあんなに熱く語ったりムキになるの初めて見たかも、ふふっ」

天気がいいこともあって来校者がどんどんと増えてきた廊下を並んで歩きながら、ハスミンが楽しそうに笑う。

「散々偉そうなことを言っておきながらコテンパンに負けたのがカッコ悪くて、ついな……」

しかもそれでもやっぱり勝てなかったとか、ダサすぎるにもほどがあった。

「別にカッコ悪くなんてないと思うけど。なにかに一生懸命なのって見ていて気持ちいいし、わたしは好きかな」

「え？」

「え？　って、ほえっ⁉　あ！　ち、違うし⁉　今の好きっていうのはそう言う好きじゃないんだからね⁉　あくまでただの価値観の話であって、その！」

「お、おう」

「だからわたしが修平くんのことが好きとかそう言うんじゃないんだからねっ！　ほんとなんだからねっ！」

顔を真っ赤にしながら超早口で捲し立てるハスミン。

ああそうか。

俺が変な勘違いをしないように釘を刺しておきたかったんだな。

やっぱりハスミンくらい可愛くなると、好意があると男子に違いさせてしまって友情が壊れてしまった経験もあるんだろう。

可愛いすぎるってのも難儀だよな。

「もちろん分かってるよ」

「そりゃ別に嫌いってわけじゃ全然ないし、どっちかって言うと好き寄りかもだけど……」

「ごめん、声が小さくてよく聞こえなかったんだ。今日は人が多くて周りがガヤガヤして

るからさ」

「なんにも言ってないでーす！　奢ってくれる約束忘れないでねって言っただけでーす！」

「それ結局言ったたってことだよな？　まぁいいや。もちろん忘れちゃいないよ。実はこの前バイト代が入ったから懐具合には余裕があるんだ」

「あれ、修平くんバイトなんかしてたんだ。全然知らなかった。何のバイト？」

ハスミンが興味深そうに尋ねてきた。

「翻訳だよ」

冬服の制服を買い替えるために、この世界に帰還してすぐに始めていたのだ。

「コンニャク？　農家のお手伝いってこと？　コンニャクってたしかお芋さんだよね？芋掘りしてるの？」

「コンニャクじゃなくて翻訳な。最近はほら、クールジャパンとか言って海外展開が当たり前だろ？　小説とかを向こうの言葉に翻訳するんだ。かなり割がいいんだぞ」

「なにそれ⁉　超すごすぎない⁉　だってわたしたち、まだ高校一年生だよね⁉」

「語学は得意だからな。活かさせてもらった」

女神アテナイの加護によって、俺はどんな言語もネイティブレベルで使いこなすことができる。

そんな俺にとって日本語を英語に訳すことは、日本語をそのまま書き写すのとなんら変わらない。

なんならドイツ語でもスペイン語でもロシア語でもなんだっていける。

その超絶チートスキルを活かしてとある大手K出版社に、出たばかりの小説を一冊丸々英訳・ドイツ語訳・スペイン語訳、ついでにロシア語に翻訳して送り付けたら、即返事が来て採用になった。

その最初の報酬がこの前振り込まれたのだ。

ちなみにかなりの金額だったんで、両親も「は？」って顔をしていた。

「それもう語学が得意とかいうレベルじゃなくない？　学生レベルをすっ飛ばしちゃってプロレベルってことでしょ？　あーあ、修平くんは頭良くていーなー。ねぇねぇ半分分けてよ？」

「ははっ、どうやって分けるんだよ？」

「それを考えるのも頭のいい人の仕事じゃない？」

「それって俺に何の得もないよな……」

そんな風にハスミンと楽しく他のクラスを回りながら、特になにかトラブルがあるでもなく文化祭は順調すぎるくらい順調に進んでいってたんだけど――。

「あれ？　メイから電話だ。ラインじゃなくて直接電話なんてどうしたんだろ？　ごめんね修平くん、急ぎの用かもだからちょっと電話に出ていいかな?」

　スマホを取り出したハスミンが、通知を見てなんとも不思議そうな顔をした。

「全然いいよ。気にしないで」

　俺はそう答えるとハスミンから少し距離を取ろうとして——でもかなり人が多かったのもあって諦めて、邪魔にならないようにハスミンと並んで壁際に寄った。

　会話を盗み聞きするのは悪いと思ったんだけど、晴天の午後という好条件も重なってなにせ人が多いから仕方ない。

　一応顔だけは反対側に向けておいた。

　それでもどうしても聞こえちゃうんだけど。

「急にどうしたのメイ?　なにかあったの?　……え、嘘っ!?　指を怪我しちゃったの?　突き指?　ううん、子供に後ろから押されてこけたって、それちゃんと保健室とか行った?　大丈夫?　ううん、そんなの全然いいから、それよりメイの怪我が大したことなくて良かった。うん、うん……分かった。でも無理はしないでね、とりあえずすぐ合流するから。うん、うん……じゃあね」

「どうしたんだ、トラブルか?」

「あ、うん。ちょっとね……」

「メイって新田さんのことだよな?　午後から体育館でハスミンと一緒にバンドをやる」

「うん……」

文化祭ではクラスの出し物や部活での出し物とは別に、個人出演の部がある。

そこでハスミンがベース・ボーカル。

ハスミンの仲良しグループの新田さんがギター。

あと別のクラスのキーボードとドラムの女子二人を合わせた四人組のガールズバンドで演奏をする。

この前、こっそりと練習を覗き見たあれだ。

ハスミンの晴れ舞台だから俺も絶対に見に行こうと思っていたんだよな。

「新田さんはギターなんだよな？　指を怪我したって言ってたけどそれでギターって弾けるのか？」

「それを今から確認しに行こうかなって思って……でも利き手って言ってたから多分無理だと思う……」

ハスミンが沈んだ顔を見せた。

そりゃそうだ。

ギターのないバンドってのはちょっと考えられないから。

（ってことはこのままだと高確率で出場を辞退することになってしまうんだろう。何ができるかはわからないけど、見過ごすわけにはいかないな）

「俺もついて行っていいか？　何か力になれるかもしれないし」

「うん……メイは保健室にいるみたいだから一緒に来てくれる？」

俺たちは急ぎ、新田さんがいる保健室へと向かった。

俺がハスミンと一緒に保健室に行くと、そこには右手の人差し指を器具で固定した新田(にった)さんと、同じく連絡を受けてタッチの差で先に到着していたバンドメンバーの女子二人がいた。

「メイ、指はどんな感じなの？　ライブは――って聞かなくても固定されてるから無理だよね」

「ごめん、ケガ自体は大したことなくて、三、四日もしたら痛みは取れるって言われたんだけど、今は指が全然曲がらなくて今日ギター弾くのは……」

「うん、そっかぁ」

「ごめんねみんな。せっかく夏休みもいっぱい練習したのに。私のせいで出られなくなっちゃって……」

新田さんはそう言うと大きく頭を下げた。

その動きに合わせて長い黒髪がさらりと前にこぼれる。

「もうメイってば、そんなの謝ることじゃないでしょ？」

「そうそう、もらい事故だったんだししゃーないよ」

「文化祭は来年だってあるんだから。また来年みんなでやろうよ」

そんな新田さんを、ハスミンたち三人が囲むようにして抱きしめる。

「みんな……ありがとう……」

責められるどころか逆に三人に抱きしめられながら笑顔で励まされた新田さんの目に、嬉し涙が溢れていく。

（いいなぁ、青春だなぁ）

中学校時代からの音楽仲間という四人の強い絆をまざまざと見せつけられた俺は、心の底からそれを羨ましく眺めていた。

小学校五年生くらいで「そう」と自覚して以降、中学時代もずっと陰キャだった俺にはこういう深い友人関係は全く存在しない。

陰キャあるあるの一つにして究極の『青春の色はただただ灰色』だ。

青春と書いてグレーと読む。

（だけど今年はクラスの出し物にガッツリ関わったし、ハスミンと一緒に文化祭も回った。そう考えると今の俺って、青春の真っただ中にいるんだよな）

だけどそれは決して、俺一人の力によるものじゃなかった。

ハスミンやクラスのみんなが協力してくれたおかげで、俺はこんなにも楽しい文化祭を迎えることができたのだ。

だからってわけでもないんだけど、この四人の一生懸命な女の子たちに、せっかくの晴れ舞台を辞退させるような真似(まね)はできないという強い思いが俺の中にこみ上げてくる。

なんとかしてライブに出場させてあげたい。

内心そんなことを考えていた俺をよそに、四人の仲良し女の子たちはすっかり明るい様子で話し始めた。

「来年は二年分の練習の成果を見せつけちゃおうね。っていうか二年越しライブとか超エモくない？」

「あっ、ハスミンいいこと言うじゃん」

「ほんとほんと、さすが男子と文化祭デートしてるだけはあるよねー」

「ちょ、修平(しゅうへい)くんとはそんなんじゃないから！」

「ええ？　だってこの前練習の時にハスミン言ってたよねー」

「ねー！」

「何を言ってたんだ？」

会話の流れ的になんとなく俺のことっぽかったのでつい口を挟むと、

「こっちの話だから修平くんには関係ありません！」

ハスミンになぜかキレ気味に言われてしまった。

「お、おう、すまん」

うーん、俺の話だと思ったんだけどなぁ。

「うわっ、今の見ました奥さま？」

「見ました見ました。普段は滅多に怒らないホトケのハスミンが、キレた振りして露骨に話を逸らそうとしましたよ？」

「しかも修平くんって呼ぶんだよ？」

「きゃー、ラブーい！」

「全然ちっともラブくないです！」

「ハスミン照れてる、可愛いー」

「私も男子をラブく名前で呼びたいな〜」

「うるさいしもう！　はい、もうこの話は終了なんだからねっ！　じゃあ今から運営の人に辞退するって伝えてくるから。行こっ、修平くん」

そう言って逃げるように保健室を出ていこうとするハスミンを、

「その件なんだけどさ」

俺はすぐさま呼び止めた。

「どうしたの？」

　突然呼び止められて不思議そうな顔で振り返ったハスミンに俺は言った。

「あのさ、提案っていうかもし良かったらなんだけど」

「なぁに？」

「実は俺ってギターが弾けるんだよ。だから新田さんの代わりに俺がギターをやれないかって思ってさ」

「え？　修平くんってギター弾けるの？」

　俺の提案を聞いたハスミンが心底驚いたような顔を見せた。

「実はそうなんだ」

　実のところ仲良し女の子四人組のガールズバンドに、間に合わせに完全部外者で、しかも男の俺が入るのは正直どうかと思わなくもない。

　だけど仲のいいクラスメイトが困っていて、せっかくの文化祭ライブが台無しになろうとしている。

　なのにそれに手を貸すことができる俺が見て見ぬふりをして黙っているのは、ありえなかった。

　それに俺はあくまで選択肢を提示するだけだ。

　ダメかどうかはハスミンたちが判断すればいいことだから。

（この辺は陰キャ時代の俺とはもう完全に思考回路が違っているよな）

昔の俺なら仮にギターが弾けたとしても、こんな提案は絶対にしなかっただろう。

「はぁ？　ガールズバンドの意味分かってる？」とか言われて笑われたらどうしようって、そういう悪い想像ばかりしてしまって口をつぐんでいたはずだ。

かつての俺は自分の意見を否定されることをとても怖がっていたから。

だけど今は違う。

仮にそんなことを言われたとしても、笑って流せる圧倒的な鋼メンタルがある。

死と隣り合わせで嵐のごとく厳しく辛かった魔王討伐の旅と比べたら、クラスの女子に笑われることなんてのは春の穏やかなそよ風が頬を優しく撫でるようなものだ。

笑われたって別に死にはしない。

しかもハスミンはとてもいい子で、逆立ちしたってそんなことを言う女の子じゃないのだから。

だからここは提案する、の一択だ。

「えっとその、今までそんな話は聞いたことなかったから、突然言われて正直ビックリなんだけど……」

俺の提案にどうにも困惑顔のハスミン。

「最近よく言われるな」

なにせ異世界から帰還してからの俺ときたら、事あるごとにみんなに驚かれまくりなのだ。

なんかもう最近は驚かれることにすら慣れてしまっていた。

「修平くんは本当にギターが弾けるの？　ほんとにほんと？　どれくらいの腕前？」

「自分で言うのもなんだが、かなり上手なほうだと思うぞ。それこそセミプロレベルで」

ちなみにギターが弾けるのは本当だが、もちろんそれも俺本来の能力ではない。

女神アテナイの加護を受けた俺が持っている、刃物や近接武器ならなんでもSランクで扱える勇者スキル『ブレードマスター』。

大道具作りの時にも使ったこの『ブレードマスター』というスキルには補助効果があって、剣や近接系の刃物以外でも、手に取って持つ道具ならおおむねAランク（＝かなり上手に）で扱うことができるのだ。

剣を持ったら無双する最強の勇者が、例えば剣じゃなくて木の棒だったり、弓矢とかの飛び道具を持った途端にまったく戦えなくなったら話にならないもんな。

ただその効果対象は結構アバウトで、実際に使ってみないと効果対象かどうか分からないことも多かった。

ブーメランは効果対象なのにフリスビーはダメだったり、あとは盾は全て効果対象外だったり。

リエナは「スキルの名前的に盾はダメですよ盾は。それじゃシールドマスターじゃない

ですか」とかそんなことを言っていたけど、ブーメランがいけるなら別に盾が使えたって

いいよなぁ？

そしてその効果対象の中に、ギターを始めとする楽器も含まれていたのだ。

実際、異世界『オーフェルマウス』にいた時に、俺はよく楽器の弾き語りしていた。

理由は簡単で、向こうには音楽以外の娯楽がほとんど何もなかったから。

戦時体制が長く続いていた異世界『オーフェルマウス』では、兵士以外の労働力のほぼ全てが食料や武具・衣類の生産、物資の運搬に充てられており、娯楽らしい娯楽はほとんどなかった。

だから仕方なくスキルを使って自分でギターやオルガン、オカリナなどなど、旅先にあった楽器で、こっちの世界の流行り歌を思い出して弾いたり歌ったりしていたのだ。

（なんだか懐かしいな……）

向こうの世界じゃ、それこそ最初から最後まで苦労の連続で、辛くて人知れず泣いたこともあったのにさ。

それなのに平和なこの世界に帰ってきたら、それはそれでいい思い出だったたって思うんだもん。

そう思えるくらいには、俺も向こうの世界に馴染んでたんだよな。

——っといけない、いけない。

つい昔のことを思い出してしまった。

「でも修平くん、練習どころか合わせも前日リハもなしでぶっつけ本番だよ？　譜面だって一度も見たことないでしょ？　いきなりできるほどライブは簡単じゃないんだよ」

「実は一度だけハスミンたちが通しでやってるのをこっそり聞いたことがあるんだ。曲自体は俺でも知ってる有名な曲だし、あとは譜面を見て細かいところを確認すれば弾ける。技術面ではなんの問題もない。そこは信じてくれないかな？」

「でも……」

勇者時代は俺がこうまで言えば、誰もが首を縦に振って俺を信じてついてきてくれた。勇者である俺の言葉にはそれだけの重みと信頼があった。

だけど今は違う。

今の俺はただの高校生――どころか夏休みが終わった途端に遅れた高校デビューをかました元・陰キャにすぎないのだ。

最近こそ俺を見る目も変わりつつあるとはいえ、そんな俺が「信じてくれないかな？」なんて言っても簡単には信じてくれはしないよな。

ギターを弾いてみせることができれば一発なんだけど、ここは保健室で手元にギターはない。

楽器は生徒会の管理のもと、体育館の保管室で厳重に保管されている。

万が一、窃盗被害があったら今度は文化祭ライブまで禁止になってしまうからだ。

それに楽器を弾くこと自体も、特定の練習スペース以外では許可されていなかった。

だからここでハスミンに俺の言葉が真実であると信じてもらうために、俺はもっと言葉を紡ぐ必要があった。

「ハスミンたちが昨日までクラスの出し物と同時並行で熱心に練習してたのを、俺は知ってるんだ。空き教室を借りたり、借りられない時も中庭や屋上で練習したり、休みの日に集まったり。俺はハスミンたちの努力をこんな形で無駄にしたくない」

「修平くん……」

「余計なお世話かもしれないけど、今日のために頑張った人たち全員に文化祭を最高に楽しい形で終わってもらいたいんだ。だから俺に協力させてくれないか？　頼む、この通りだ」

「――――」

伝えたいことを伝え、同時にしっかりと頭を下げてお願いをした俺を前にして、ハスミンは深く考えこむように黙り込んだ。

俺の言葉を吟味しているんだろう。

そのまま少しの間、保健室をなんとも微妙な沈黙が支配した。

遠くに文化祭の喧騒（けんそう）が聞こえ、近くではカチ、コチ、カチ、コチと室内時計の針が時を刻む音が、妙に強く耳に響く。

　そんな重い空気を払拭したのは、怪我をした新田さんだった。

「私からもお願いしていいかな」

「メイ？」

「私はもしみんながライブをやれるチャンスがあるなら、やって欲しいって思ってる」

「そりゃわたしだって出たいけど……でもぶっつけ本番で新メンバーとだなんて、どう考えたって無理でしょ？　バンドはソロじゃなくて合奏なんだよ？　常識的に考えて不可能だもん」

「プロでもない限り普通は無理でしょうね。でも織田くんはさ、二学期になってすごく変わったと思うの。明るくなったし、ハキハキしゃべるようになった。授業はどんな問題でもサラッと答えちゃうし、体育ではいつも大活躍だし。クラス委員として文化祭の準備でもみんなをバッチリまとめてる。正直すごいって思う」

　新田さんが急に俺をベタ褒めし始めた。

「それはわたしも思うけど、急にそれがどうしたのよ？」

「そんな織田くんが自信をもってできるって言うんなら、もしかしたらって思わない？」

「それは……でも……」

　新田さんはそこで視線をハスミンから俺へと移した。

「ねえ織田くん。織田くんなら私の代わりにギターをやれるんだよね？」

「ああ、やれるよ」

新田さんの問いかけに、俺は一分の迷いもないはっきりとした言葉で返す。

「だったら私は織田くんを信じて賭けてみたい。それでみんなにライブをやって欲しい」

「メイ……」

「ね、やろうよライブ」

新田さんとハスミンの視線が再び交錯する。

新田さんの真剣な瞳に見つめられたハスミンは、またもや少し考えこんだ後、

「…………分かった。メイがそう言うならわたしも賛成。アスカとホノカはどう？」

大きく頷くと残る二人に問いかけた。

「私はやれるならライブやりたいかな。せっかく夏休みも遊ばずにみんなで練習してきたんだし」

「私もー。お父さんとお母さんが見に来てるから、やれるんならやりたいかも」

「なら決まりだね。修平くん、ギターをお願いしていいかな？」

「おうよ、任しとけ」

「ギターは私のを使ってちょうだい。無改造のＦｅｎｄｅｒだから変な癖はないと思うし」

「分かった」

正直Ｆｅｎｄｅｒとか言われても何のことだか分からないんだけど、とりあえず頷いておく。

メーカーかなんかだろう。

まさかそれでスキル『ブレードマスター』が発動しないなんてことはないだろうし。

「そうだ、自己紹介しておくねー。キーボードの楠木明日香だよー。ピアノ歴は一〇年、クラスは一組。絶賛カレシ募集中。よろしくねー」

小柄でくりくりした目が可愛い小動物系の楠木さんが、ポニーテールを揺らしながらニコッと笑う。

「私はドラムの赤松ほのか。三組。ホノカでいいよ……あ、やっぱり赤松でお願い。怖い人が睨んでるから」

続いてあごの高さで結ばれたゆるゆるのツインテールがふわふわ可愛い赤松さんが自己紹介する。

「ぜんぜん睨んでないし」

「あれー？　別にハスミンのことだなんて一言も言ってないんですけどー」

「プッ」

「はわっ⁉」

ハスミンがビクッと身体を強張らせながら、裏返った声を上げた。

どうも激しく動揺しているようだ。

「俺も見てたけど、ハスミンは別に睨んでなかったぞ？　見間違いじゃないか？」

「修平くんは空気読んでちょっと黙っててね」

「え……お、おう」

なんでだろう？

ハスミンに助け舟を出したつもりなのに、なぜかハスミンに怒られてしまったぞ？

やや腑に落ちないながらも、持ち前の鋼メンタルで気持ちを切り替えた俺は、二人に自己紹介を返した。

「楠木さんに赤松さん。五組の織田修平だ、よろしくな」

「織田くんのことなら知ってるよー」

「ハスミンからよく聞くもんねー」

「俺のことをそんなに話してるのか？」

ハスミンが俺をなんて言っているのか、なんとなく気になったので聞いてみた。

「そりゃもうハスミンってば、いつも織田くんとののろけ話を話しまく――もぐっ、もがっ!?」

「も、もう！　今はそんな話してる場合じゃないでしょ！　すぐにライブの準備をしないとだし！　さっ、急ごっ！」

「そうね」

「はいはーい、そうですね」

「もが、もぐ……息が……苦しい……」

最後のほうがちょっとグダグダだった気はするものの。

急きょバンドメンバー入りした俺は、突貫で準備を整えると仲良し四人組とともに体育館の舞台に上がった。

「さーて！　次に登場するのはバンド名『スモールラブ』！　中学時代から軽音やってる女の子四人組の一年生バンドだってさ！　いいねぇ可愛いねぇ——のはずだったんだけど、なんとギターの子がケガをしちゃって急きょ代役で男が一人入ってやがる！　なんだそれ羨ましすぎだろ！　俺と代わりやがれそこのラッキーボーイの一年男子！　織田修平、名前覚えたからな！」
司会進行をする三年生の放送部長のノリノリの紹介で会場が笑いに包まれる中、ハスミンたち『スモールラブ』&俺は、舞台の上でマイクの高さ合わせや音合わせといった最後の準備に勤しんでいた。

もちろんケガをした新田さんも一緒だ。

ここで一人ハブるのはさすがにない。

四人揃っての『スモールラブ』だ。

というか、サビの部分はハスミンと新田さんのツインボーカルでいくので、ギターを弾かないにしても新田さんは欠かせない存在だ。

逆に俺は正規のバンドメンバーではないので、あまり目立たないように後列の隅っこに立っていた。

（あくまでこれはハスミンたちのライブだからな。俺は脇役に徹しないと）

ハスミンがアイコンタクトで全員と確認をしてから、ドラムのスティックカウントに合わせて演奏が始まる。

演奏曲は女子高生に人気のバンドの有名ヒット曲。

大きな壁に当たって立ち止まってしまった少年が、それでも涙を拭き、前を向いて大切な人と一緒にもう一度歩み始めようとする姿を描いた、再生と希望の歌だ。

陰キャをやめて高校生活をやり直している真っ最中の俺は、その歌詞のいたるところについつい今の自分の心境を重ねてしまっていた。

そんな一歩を踏み出そうとする少年の姿を、疾走感のあるアップテンポの曲調に合わせてハスミンが力強く歌い上げていく。

「ボーカルの子めっちゃ上手（うま）くない？」

「しかも超可愛いじゃん」

「一年生なんだよな、何組の子？」

「一年五組の蓮見佳奈（はすみかな）、可愛いって評判なのに知らないのかよ」

「俺あの子好きかも！」

「っていうか他のメンバーもみんな上手いし！」

すぐに観客がハスミンの歌声やバンドの完成度の高さに歓声を上げ始めた。

（確かにすごいな。練習で聞いた時よりもはるかに力強くて情熱的で、感情を揺さぶってくる歌声だ）

しかも中学から一緒にやってるだけあってハスミンたちの息はピッタリだ。

だから俺はそれに合わせることを意識するだけで十分だった。

曲が進みサビに入ると新田さんがボーカルに加わって、体育館中がさらにさらにと盛り上がっていく。

ハスミンたちへの大きな歓声が飛ぶ中、俺の耳は時おり自分に向けられた声を拾っていた。

「後ろの端で目立たないようにしてるけど、あのギターの男子メチャクチャ上手くね？」

「マジ上手いな」

「上手い通り越してプロレベルじゃね？」

「っていうかあいつ誰なんだ？　一年にあんな男子いたか？」

「さっき司会が言ってただろ、五組の織田だよ」

「織田ってあれだろ、バスケ部レギュラーの伊達が授業のバスケでこてんぱんにやられたって相手。運動神経がマジヤバイらしいぜ」

「それ俺も五組の奴に聞いた！　しかも織田はバスケ未経験なんだってよ」

「なんだそれ⁉　そんな奴が音楽もできんのかよ⁉　スーパーマンか⁉」

「しかも一学期は敢えて猫かぶって目立たないように陰キャの振りをしてたらしいぞ。二学期になって急に本気を出し始めたらしい。英語とかネイティブレベルでペラペラなんだと」

「いやあの、そんなことする意味が分からないんだが……」

「ははっ安心しろ、俺にも分かんねぇよ」

「えっ、俺は夏休みにマグロ漁船に乗せられて人格が変わったって聞いたんだけど」

「それ俺も聞いた！　引っ込み思案だったのが、あまりに過酷すぎて鋼メンタルになったって」

「それなら俺はフランスの傭兵部隊に入って中東で戦ってたって聞いたぞ？」

「それだけはねーよ。俺ら高校生だぞ」

(なんだかいつの間にか、俺に関する根も葉もない噂が広がっているみたいだな)

ま、マグロ漁船とか可愛いもので、本当のところは異世界で五年も勇者として戦い続けてたんだよなぁ。

そういう意味ではフランスの傭兵部隊ってのが実は一番近いのかも？

そうこうしているうちに歌はクライマックスに突入する。

ハスミンが汗を光らせながら最後のフレーズを高らかに歌い上げた。

演奏が終わって全ての音が鳴り止むのと同時に、体育館は大歓声と万雷の拍手で埋め尽くされていた。

ハスミンが息を切らせながら元気よく礼をするのに合わせて、俺たちも一斉に頭を下げる。

額に汗を滴らせながら俺たちを振り返ったハスミンが、

「イェイ！」

最高の笑顔でVサインをした。

舞台の中央でスポットライトを浴びながらとびっきりの笑顔を見せるハスミンに、俺は異世界『オーフェルマウス』で何度も聞かされた、民に勇気と希望を与え導く女神アテナイの姿を重ね見る。

（まるで本物の女神のように綺麗だ――）

俺の胸が高鳴ってしょうがないのは、果たしてライブを成功させた高揚感のせいだけなのだろうか？

心の中で自問自答しながら、俺は次のグループと入れ替わりで舞台脇に下がっていく。

だけどすぐにハスミンたちとライブ成功の話で盛り上がったので、その不思議な高揚感はひとまず脇に置いておくことにした。

こうして『スモールラブ』＆俺の文化祭ライブは、文句なしの大成功に終わったのだった。

ハスミンたちとのライブが大成功に終わった余韻をみんなでしっかり堪能してから、俺とハスミンは一年五組へと戻ってきた。

『一―五喫茶スカーレット』にて俺は再びホットケーキを焼き、ハスミンは接客係をする。

そしてハスミンたち『スモールラブ』のライブ効果で、一年五組には主に男子生徒たちがハスミン目当てに殺到していた。

皆が皆、狙ったようにハスミンを指名する。

「蓮見さんだよね？　さっきのライブ見たよ。歌上手すぎじゃない？　俺ファンになっちゃった。そうだ、今度一緒にカラオケ行かない？　連絡先教えてよ、今度誘うからさ」

「ごめんなさい、連絡先の交換はサービス対象外なんです。注文が決まったら呼んでください ね」

「蓮見さんっていうんだよね。あ、だからハスミンなんだ。可愛いあだ名だね。ねぇねぇ、良かったら今度の土曜日にデートにでも行かない？　奢るよ？」

「ごめんなさい、初対面でいきなりデートに誘ってくるような男の人は苦手なんです」

文化祭の浮かれ気分そのままにチャラチャラと群がってくる男子たちを、ハスミンが笑顔で一蹴していく。

（……なんかちょっとムカつくな）

ハスミン目当てに群がる男子たちを、僅かに手が空いた隙にカフェとバックヤードを仕切る暗幕の隙間から覗き見た俺は、自分がちょっとだけイライラしていることに気がついた。

（おかしいな？　五年の異世界生活で鋼メンタルを手に入れた俺は、少々のことじゃ動じなくなっているはずなのに、さっきからどうにも心がザワついて仕方がないぞ？）

「織田くん、ホットケーキ追加で四枚お願いね」

「こっちも二枚追加ー、織田っちよろー」

しかし今は多忙なこともあって、俺はとりあえずその不思議な感情を忘れることにした。

それはそれ、これはこれ。

まずは目の前の仕事を片付けないとな。

一瞬で頭を切り替えた俺は、綺麗に焼き上がったホットケーキを紙皿に移すと盛り付け係の女子に渡す。

そして追加のホットケーキ六枚を焼き始めた。

「おーい織田、ホットケーキミックスが次で最後の一箱だ」

ちょうどそのタイミングで、ホットケーキミックスを混ぜる担当の男子からそんな声が上がる。

どうやらこの忙しさもそろそろ終わりを迎えるようだ。

「サンキュ、そろそろ打ち止めだな。ごめん、呼び込み係に完売のプラカードを持っていって、入店を止めてもらってくれないか？」

「りょうかーい！」

俺の指示を受けた売り場係の女子が、『ありがとうございます！　一―五喫茶スカーレット完売しました！』と書かれたプラカードを持って廊下に向かった。

すぐに、

「ごめんなさーい！　一年五組『一―五喫茶スカーレット』は完売でーす！　もうこれ以上は入店できませーん！」

完売を告げる元気な声が廊下の方から聞こえてくる。

（よし、これで後は今店内にいるお客さんの注文分を焼き上げるだけだ）

そのままラストスパートで最後の一箱分を焼き上げたところで、俺は一足先にお役御免となった。

「やったな織田！」

「もう完売だぜ！」

「俺らが一番乗りじゃね？」

今日一日、一緒にホットケーキ係をやった裏方の男子たちが口々に騒ぎ出す。

「それもこれもみんなが協力してがんばってくれたおかげだ。ありがとうな、みんな。でもまだお客さんがいるから少しトーンは落とそうな」

口ではそう言いつつも。

クラスの出し物は無事に完売し、さらにはハスミンとの文化祭ライブも大成功。

俺は文化祭のクラス展示責任者として大きな満足感を覚えていた。

「なに言ってんだよ織田、お前がうちの大将だろ」

「ほんとだぜ、なに謙遜してんだよ」

「お疲れ織田、色々やってくれてありがとな」

「俺、こんな楽しい文化祭は初めてだったよ、ありがとう！」

「おまえら……」

俺はホットケーキ係の男子たちと順番にグータッチをして喜びを分かち合った。

そしてまだお客さんは残っていたけど、調理担当はこれ以上はすることが何もないので、先にバックヤードの片付けを始めていく。

片付けといってもホットプレートの電源を落として熱冷ましをしている間に、ゴミをまとめるだけの簡単なお仕事だけど。

並行して会計係と一緒にお金を何回か数え、現段階では一円たりとも違算がないことを確認する。

その後お客さんが全員退出すると、教室を原状復帰する前にクラスみんなで集合写真を撮った。

「じゃあ撮るぞ、ハイチーズ！」

「「「「イェ～～～イ!!」」」」

クラス全員で黒板の前に集まった俺たちを、担任がスマホで何枚も撮影してくれる。

真面目なポーズ、全員でピース、おバカポーズ、全員で肩を抱き合ったポーズなどなど、文化祭の思い出が次々と記録に残されていった。

「あー疲れたー」

「でも楽しかった！」

「俺も！」

「完売したしな！」

「みんなお疲れさん！」

全員に転送されてきた画像に写るみんなの顔は、誰も彼も喜びと嬉しさでいっぱいだった。

もちろん喜びと嬉しさを感じていたのは俺も例外ではなく。

陰キャ時代には到底考えられなかった充実した文化祭だったことを証明するかのように、写真に写った俺はこれ以上なく満ち足りた表情をしていた。

その後、しばらくあれこれクラスみんなで盛り上がってから教室の片付けを始める。

朝から慣れない出し物をして疲れているはずなのに、充実感があるからだろう、その動きはみんな軽快だ。

積極的にきびきび動いてくれるクラスメイトたちのおかげで、教室はすぐに元の姿を取り戻した。

全てを片付け終わって教室がすっかり元通りに戻ったのを見て、
「終わったな」

俺は祭りの後の寂しさというか、もの悲しさというか、そういった切ない気持ちを覚えるとともに、クラス委員として肩の荷が完全に下りたのを感じていた。

「終わったね。修平くんはクラス委員として準備からこの瞬間までご苦労様でした」

隣の席に座るハスミンも満足げな表情で、うーんと伸びをする。

「ありがと。みんな積極的に協力してくれたから、準備から本番まで上手くいって良かったよ。ハスミンも副クラス委員でがんばってくれたし」

「そうは言っても、途中何度かライブの練習で抜けちゃったからね。クラスでの貢献度はちょっと低めかなぁ」

「いやいや、そのライブのおかげでうちのクラスのラストスパートが決まったんだぞ？　最後大変だったんだからな。ホットケーキを焼いたそばから次から次へと休む間もなく追加の注文が来てさ」

「お客さんすごかったよね〜。わたしもちょっと疲れちゃった」

ハスミンが苦笑する。

「ほとんどハスミン目当てのお客さんだったもんな。さすが一年五組のモテ番長だ」

「あはは、なにそれ。誰が言ってるのよ？」

「……ま、それも含めていい思い出になったよ。こんな楽しい文化祭は人生で初めてだったからさ。本当に成功して良かった」

俺は勇者時代の危機察知能力をいかんなく発揮して、素知らぬ顔で話を逸らした。

「ねぇ修平くん、今露骨に話を逸らしたよね？　いったい誰がわたしのことモテ番長なんて言ってるのかな？」

「あー、誰だったかな……ごめん忘れた」

「ぜったい嘘だしー」

「まぁまぁ、楽しかったからいいじゃないか。クラスの出し物もライブも全部成功して最高の一日だったわけで」

「うん、わたしもすごく楽しかった。ってことで残るは生徒会主催の後夜祭だけだね」

「だな。でもこっちは俺は全く関わってないから気楽なもんだよ。一生徒として参加すればいいだけだし」

文化祭の最後には後夜祭として、生徒会が主催する参加自由のキャンプファイヤーが用意されていた。

「じゃあそろそろ行こっか」

「あれ、新田さんは？　もういないみたいだけど一緒に行かないのか？」

「メイはアスカとホノカに話したいことがあるから、先に向こうと合流してから行くって言ってたよ」

「了解だ」

そう。

俺とハスミンは、新田さんたち『スモールラブ』のメンバーと一緒に後夜祭に参加する約束をしていたのだ。

俺は最初は、

『俺はいいよ、仲良し女の子グループに部外者の男子が割って入るのはどうかと思うし』

そう言って固辞してたんだけど。

『なに言ってるの、部外者どころか今日の主役は織田くんじゃない』

『そうそう、私たちの救世主だもん』

『織田っちマジでギター上手くてびっくりしたしー。プロかよっていうー』

『修平くんはほんと多才だよね』

『でもなぁ……』

『今日ライブができたのはほんとに織田くんのおかげだから』

『そうそう、今日に限っては織田くんがいないと始まらないよねー』

『織田っち、もしかして私らと一緒じゃ不満かー？』

『修平くん、一緒に後夜祭に行こうよ？』

『そうまで言ってくれるならご一緒させてもらおうかな？』

せっかくこうまで熱心に誘ってくれてるんだから、むしろ断るほうが感じ悪いよな。

そういった経緯を経て、約束をした俺たちがグラウンドで再び五人で集まった頃には、辺りはすっかり薄暗くなっていた。

グラウンド中央にしつらえられた「井」の字に組まれた薪の櫓は、既に赤々と燃え盛っている。

「あー残念、もう点火しちゃってた」

「クラスのみんなで盛り上がってたからちょっと出遅れたな」

みんなが文化祭の余韻に浸っているのに、さすがに文化祭実行委員の二人が抜け出すわけにはいかない。

「もうちょっと前に行く？」

「そうだな……でも前の方は混んでるから五人でまとまれるスペースはなさそうだぞ？」

俺とハスミンがそんな話をしていると、

「あ、そう言えば私用事があるんだった。ごめん、私ちょっと別行動するね」

突然新田さんがそんなことを言った。

するとそれに呼応したかのように、

「あーそうだったそうだった。私もクラスで呼ばれてたのを今思い出しちゃったから行かないと」

「あ、私もー、なんか……なんかあったからー」

続いて楠木さんと赤松さんが言って、

「ああもうバカ！　ちゃんと理由を考えておけって言ったでしょ。もういいから行くわよ」

三人は示し合わせたかのように一斉に離脱していき、後には俺とハスミンの二人だけが残されてしまった。

「ふ、二人きりになっちゃったね……」

「どうもそうみたいだな」

俺とハスミンは思わず顔を見合わせた。

「明らかに計画的だったよね。もしかしなくても、最初からそのつもりだったのかな？」

「そんな感じがしなくもなかったな」

集まる前に俺とハスミンを除く三人で会っていたのは、おそらくこの計画のためだったんだろう。

「まったく変にお節介なんだよね、みんな。わたしたち、べ、別にそんな関係じゃないのにねぇ？」

「まぁ、そうだよな」

（今のは事前に釘(くぎ)を刺されたのかな？）

キャンプファイヤーのいい雰囲気に乗せられて告白とかはしないでねって、そんな感じの意図があったような気がしなくもなかった。

ま、ハスミンの中の俺は夏休み明けに一瞬名前が出てこなかった程度の認識しかない、ただのクラスメイトのモブ男子だったからな。

それからまだたったの一か月。

一目惚れでもしない限り、いきなり好きとか嫌いとかそんな話にはなりえないだろう。

なんとなくだけど、今ようやく友達の一人として認知されたくらいだろうか？

正直なところ恋愛経験値が低すぎて俺にはよく分からなかった。

そもそも俺自身がハスミンを恋愛対象として好きなのかどうかも、まだよく分からなかったりするんだよな。

ハスミンは文句なしに可愛いし、明るくて真面目ですごくいい子だなとは思う。

だけどだからって、いきなり男女のお付き合いがどうのこうのってのは、またちょっと話が違うと思うんだ。

人として好き。

友達として好き。

そして女の子として好き。

同じ「好き」でもいろんな「好き」があると思うんだけど、今のこの気持ちがそのどれに当たるかが俺にはよく分からなかった。

俺は異世界『オーフェルマウス』を救った勇者だ。

だけど異世界に行くまではずっと陰キャだったから、恋愛に関しては完全に素人だ。

しかも異世界に行ってからは、勇者として過酷な魔王戦争をひたすら戦い抜いた。

はっきり言って、あの殺伐とした戦闘経験は恋愛面では完全にマイナスだった。

(そもそも戦闘ってのは悩みが少ないっていうか、極めてシンプルなルールなんだよな。過程はどうあれ、とりあえず相手を倒して最後に立ってさえいれば俺の勝ちだから)

だけど恋愛はそんな分かりやすい戦闘とは全く違っている。

というか、そもそも恋愛は相手と勝ち負けを競うわけじゃない。

意中の相手と、損得なしに互いに深く心を通わせることがなにより大事なはずだ。

恋愛という極めて特別な関係について、俺はまったくと言っていいほどに経験値が足りていなかった。

もちろん機が熟しさえすれば、好きな相手に告白をするのにためらうことはない。

今さら告白が失敗することを俺は恐れたりはしない。

最後のところでＯＫを貰えるか否かは、それはもう向こうの気持ち次第だから俺にはどうしようもないしな。

だけど機が熟したかどうかを見極める能力が、俺には致命的に足りていないのだ。

そうである以上、恋愛に関しては少し慎重に判断したほうがいいだろう。

現状の俺は、強大な魔獣を相手に、武器もスキルも持たずに全裸で戦っているようなものだ。

これでは戦う以前の問題だ。

しかも、それもこれもハスミンのことを好きだったらっていう前提だしな。

（ハスミンに直接聞くのはさすがに憚られるから、今回のライブで仲良くなった新田さんあたりに少し恋愛に関するアドバイスをもらってみるか？）

赤々と燃え上がる炎を見つめながら、自分の気持ちについて軽く自問自答していると、

「今日はありがとうね。メイは結構気にするタイプだから、ライブができなかったら絶対に引きずったと思うの。だから修平くんが代役でギターをやってくれてすごく助かったんだ」

ハスミンが同じく視線をキャンプファイヤーに向けたままで小さく呟いた。

「俺もハスミンたちの役に立てて良かったよ」

「役に立つとかそんな、修平くんが上手すぎてちょっと引いたくらいなんだよ？　修平くんってほんと何でもできるよね。ほんとにすごいなって思ったもん」

「ありがと」

ハスミンみたいな可愛い子に褒められて悪い気はしない。

だけど俺がすごいのは、体育を除いてほぼ全て女神アテナイの強大な加護を受けているおかげなので、やや心苦しくはあった。

「本当にありがとうね。すごく頼りになったし、すごくかっこよかったよ？」

「そういうハスミンの歌もすごかったぞ？　後ろで聴いてて心がビリビリ震えたから」

「さすがにそれは言いすぎじゃない？　っていうか修平くんは平気でそういうこと言ってくるんだもん、この女たらしめ！　チャラ男かこいつ！　女の子を泣かすチャラ男にはこうだ！　てぃっ、てぃっ、てぃっ！」

俺の方に向き直ったハスミンが、人さし指で俺のほっぺをつんつんつんつんと突っついてくる。

「ほんとだってば。ハスミンの歌からは魂が揺さぶられるような情熱の塊を感じたんだよ。また機会があったら聴かせてくれな」

お世辞でもおべっかでもなく、これはハスミンの歌を聴いて俺が感じた純粋な気持ちだった。

「じゃ、じゃあさ？　もしよかったらでいいんだけど……」

「ん、なんだ？」

「今度一緒にカラオケに行かない……かな？」

赤々と揺らめくキャンプファイヤーの炎に照らされているからか。

そう小さな声で囁(ささや)くように言ったハスミンの顔はまっ赤に染まっていた。

「お、いいな、打ち上げか。行こうぜ。新田さんたちも一緒なんだよな？」

生まれて初めて「打ち上げ」というものに誘ってもらった俺は——しかもハスミンみたいな可愛い女の子からだ——込み上げてくる嬉しさそのままに満面の笑みで答えたんだけど——。

「えっ？　メイたちを？」

俺の返事を聞いたハスミンが妙な反応を見せた。

「打ち上げに誘ってくれたんだろ？　楽しみだな、俺そういうのに誘われたのって初めてだからさ」

「ええっと、あ、うん。そうだね、みんなも誘おっか」

「……？」

みんな「も」誘う？

みんなは最初から誘ってたんじゃなかったのか？

もしかして打ち上げをすることを今思いついて、だからまだ新田さんたちは誘っていないってことか？

それとなくだけどハスミンの声が少し沈んでいたような気がした。

それはつまり俺の答えが、ハスミンの期待していたものと違っていたからだ。

ってことは察するに、今のはもしかして社交辞令だったのかな。

だとしたら俺は断るのが正解だったわけだ。

……しまったな。

やっぱり用事があったと言って今からでも断ったほうがいいかもしれない。

そうでなくともそもそも俺は部外者の上に男なんだ。

しかもハスミンとは二学期になるまで、新田さんもクラスは同じだけどあまり話さないし、楠木さんや赤松さんに至っては今日まで話したことすらなかったときた。

そんな俺が――ギターの代役をやるみたいな緊急事態は別として――ハスミンたち仲良し女の子四人組に割って入るのは、普通に考えておかしいもんな。

そして今の俺ときたらそんなことにも思い至らないくらい、文化祭の達成感と後夜祭のいいムードに浮かれてしまっていたんだろう。

鋼メンタルの最強勇者と自負しておきながら、俺もまだまだ未熟だな。

「いつ行こうか？　修平くんの予定を教えてよ？」

だけどハスミンはすぐにいつものハスミンに戻っていて、俺が口を開くよりも先に笑顔で俺の予定を尋ねてきた。

（ってことは声が沈んでいたような気がしたのは、単に俺の気のせいだったのか？　ま、今さらしつこく聞くのもそれはそれでなんだし、今はいいか。今回はハスミンたちの打ち上げにご一緒させてもらおう）

「俺は放課後はいつでも空いてるから基本的にオールオッケーだよ。いつでも誘ってくれて大丈夫だ」

「じゃあこっちで適当に調整しとくね」

「よろしく頼むな」

「あ、先に言っておくけど、うちのグループは遅刻・ドタキャンは厳禁だから。約束はちゃんと守るように。だから絶対に来てよね？」

念押しするように言ったハスミンに俺は自信満々で答える。

「安心してくれ、俺は遅刻とドタキャンだけは一度もしたことがないのが自慢なんだ」

「ええー？　誰でも遅刻するくらい、一度は経験あるでしょ？」

「それがないんだよなぁ」

遅刻なんてしたら悪目立ちしてしまう。

それは長らく陰キャだった俺にとって一番やっちゃいけないことだったから。

「でもそれなら安心だね。みんなで楽しもっ♪」

「またハスミンの歌が聞けるのが今から楽しみだよ」

「ふふふー、どうしてもってお願いするなら、特別にデュエットしてあげてもいいよ？」

「なにとぞお願いします」

「はやっ⁉　まさかの即答だし」

「文化祭ライブで名を馳せたハスミンとデュエットできるプラチナチケットがお願いする

だけで手に入るなら、そりゃ即答だろ？」

「う、うん……じゃあ約束だよ？」

「俺のほうこそ約束だからな？」

「うんっ♪　えへへ……」

その後もキャンプファイヤーの揺れる炎を見ながら、ハスミンと二人で文化祭とその準備についてあれこれ思い返しながら楽しく話していると、

「あわわっ⁉」

突然ハスミンが、隣を通り抜けようとした生徒に肩の後ろのあたりを押されてしまいバランスを崩した。

俺は勇者時代に培った超反応ですぐさま右手を差し出すと、バランスを崩して前方につんのめっていたハスミンの腰を抱いて俺の方へと引き寄せる。

「大丈夫だったか？」

右手で抱きかかえたハスミンに優しく声をかけると、

「あ、うん……だいじょうぶ……」

なぜかハスミンは身体を縮こめながら蚊の鳴くような小さな声で呟くと、うつむいてしまった。

「ならよかった。向こうも悪気はなかったんだろうけど、かなり人が増えてきてこの辺り

も混んできたもんな」

「う、うん……あの、えっと……」

身体を縮こめていたハスミンがさらにキュッと身体を硬くするのが、身体越しに伝わってくる。

「どうしたんだハスミン？　さっきからやけに緊張してるみたいだけど」

「あの、えっと、腰に……手が……その、当たってて……」

言われて、さっきからずっとハスミンの腰を強く抱いていることに思い至る。

「悪い、とっさだったから。すぐ離すよ」

「え？　ううん。あの……べ、別に、い、嫌じゃないし……」

ハスミンはそう言うと左手を俺の腰にそっと添えてきた。

「……ハスミン？」

「え、えへへ、ぜ、全然嫌じゃないし……？」

「お、おう」

そのままお互いに無言のまま。

俺たちは互いの腰に手を添えながら身体を密着させる。

しかもそれだけでなく、ハスミンは体重を預けるように俺にもたれかかってくると、さらに俺の肩にこてんと頭を預けてきた。

ハスミンと触れ合う身体の右側から、ハスミンの体温や柔らかさがこれでもかと俺に伝わってくる。

さらにはハスミンのいい匂いもまで香ってきて――。

(どうしたんだろう？　今日のハスミンはえらく大胆だな？　さっき俺がかなり浮かれていたみたいに、ハスミンも後夜祭の特別な雰囲気に当てられて気持ちが高ぶっているんだろうか？)

しばらくその体勢のままで、俺とハスミンは燃え盛るキャンプファイヤーの火を静かに眺めていた。

火の勢いがすっかりなくなって辺りが暗くなり始めた頃になってやっと、俺とハスミンはどちらからともなく身体を離した。

ハスミンの温もりが離れていくことに、俺は得も言われぬ寂しさを感じてしまう。

「……そ、そろそろ帰ろっか」

「そうだな、だいぶ人も減ってきたもんな」

そのまま俺たちは言葉少なに帰路についた。

そのいつもの俺たちとは全然違った会話の少ない静かな時間は、だけど俺にはとても素敵なひと時に感じられたのだった。

こうして。

今までの人生で一番楽しくて充実した高校一年の文化祭は、最後の最後までまったく色（いろ）褪（あ）せることがないまま幕を閉じた。

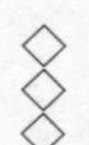

わたし――蓮見佳奈は自分の部屋のベッドの上で、枕を抱きかかえながら体育座りをしていた。

もうお風呂は済んで、髪も乾かし終わってパジャマに着替えて。

そうして膝に置いた枕に顔をうずめながら、わたしは今日の文化祭という日を思い返していた。

高校生になって最初の文化祭は、クラスで出し物をしたり他のクラスを回ったりと色々なことがあった。

だけど何にも増して特に強く思い出されるのは、一にも二にもライブでの一件だった。

『新田さんの代わりに俺がギターやれないかな』

あの時の修平くんの声を思い出すだけで胸がキュウッと熱くなる。

「修平くん、カッコ良かったなぁ……」

メイが指を怪我してライブができなくなった時、さらっと何でもないことのように助けてくれた修平くんの姿を、今日のわたしはこうやって何度も何度も思い返してしまう。

「今までギターが弾けるなんて一言も言わなかったのに、いざやったらこっちが心配してたのが馬鹿らしくなるくらいに、めちゃくちゃ上手なんだもん……」

白馬の王子様のように颯爽と現れてパーフェクトに助けてくれた修平くんの姿に、わたしは胸のトキメキが抑えきれないでいた。

これはもう間違いない。

わたしは修平くんに恋をしている。

完全に好きになってしまっていた。

だから後夜祭でキャンプファイヤーの炎を見ながらカラオケに誘った時、今までみたいに簡単に誘うことができなかった。

誘うのにものすごく勇気がいった。

そして勇気を出して誘ったのに、みんなで打ち上げに行くって修平くんが勘違いしたことに、わたしはひどく落胆してしまったのだ。

すぐに慌てて取り繕ったんだけど、気付かれてないよね？

「はぁ、わたしって自分勝手だよね……」

勝手に期待して、勝手に落胆しちゃうんだからほんと救いようがない。

修平くんがカラオケと聞いて打ち上げの話だと思ったのは、後夜祭というタイミングや話の流れ的にも当然だったろうし。

「そもそも修平くんは、わたしのことをそんな風に思ってないだろうしなぁ」

あれだけ何でもハイレベルにやってのけるんだもん。

わたしなんかじゃとても釣り合わないって思わされてしまう。

「実際釣り合ってないしね……」

最近は他の女子たちが、修平くんのことをカッコいいと言っているのをよく耳にする。

ファッション雑誌の読者モデルをやっている三組の二条さんも修平くんに気がある、みたいな話まで聞いてしまった。

実際に文化祭の時に、二条さんが修平くんと楽しそうに話していたのも目撃している。

実を言うと、ほとんど最初から見ていたから分かる。

あれは間違いなく二条さんの恋愛的なアプローチだった。

文化祭の喫茶店を盛り上げる話をしたがっていたって、修平くんはちょっと斜め上に勘違いしていたみたいだけど。

そして勘違いしてくれたことを知って、心底ホッとしてしまった自分がいて――。

「勉強や運動だけじゃなくて音楽もできるだなんて……あーあ、すごすぎてなんか劣等感を感じちゃうかも……でも好き……すごく好き……」

わたしは枕に顔をうずめて万が一にも声が漏れないようにしながら、修平くんのことを想って好き、好きと呟いた。

「あ、でもでも最後のはなかったよね」

後夜祭の時に肩を押されてバランスを崩したわたしを、修平くんがこともなげに抱き寄せて助けてくれたんだけど。

「まさか自分から修平くんの腰に手を回してくっつきに行っちゃうなんて……何してるのよわたし……」

なんであんな大胆なことをやらかしてしまったんだろうか。

今さらながらに恥ずかしさで顔から火が出てしまいそうだった。

「ううっ、勘違い女とか、もしかしたら痴女って思われたかも……少なくとも軽い女の子だって思われちゃったよね。どうしよう……」

あの時のわたしは、後夜祭の非日常の空気に完全に当てられてしまっていた。

暗がりで燃え盛る炎を一緒に見る、なんてムード満点の空気に完全に浮かれてしまっていた。

ぶっちゃけ勝手に彼女になった気分でいたまであった。

「節度を持たないとだよね。付き合ってもないのにあんなにくっつくだなんて、そんな軽い女の子を真面目な修平くんはきっと好きじゃないだろうし」

うん、そうだ。

今日で文化祭も終わってまたいつも通りの日常が再開する。

調子に乗ってしまった心をリセットして、明日からはちゃんと節度を持って接しよう。

だって——だってもし恋心を知られてしまったら。

今の関係は必ず変わってしまうから。

良い方に変わるならいいけれど、そうでなければわたしは今の立場を失うことになる。

今のわたしは間違いなく修平くんと一番仲のいい女の子だ。

席は隣で、クラス委員と副クラス委員で、一緒に仕事をすることもあって、当たり前のように修平くんの側にいることが許されている特別な女の子。

だけどその始まりは本当にただの偶然だったのだ。

始業式の日にチャラい二人組に絡まれて困っていたわたしを、修平くんが助けてくれて仲良くなった。

わたしが何か努力をしたわけではなく、本当にただの偶然だった。

そんなただの偶然から転がり込んできた特別な立場を、わたしは失いたくなかったのだ。

失ってしまったら、もう一度同じように作り上げる自信なんてこれっぽっちもなかったから——。

大切なのはいつも通りに振るまうこと。

大事なのはこの想いに気付かれないこと。

この想いだけは絶対に修平くんに気付かれちゃいけないんだ。

「いつも通り、いつも通り、いつも通り……」

わたしは心を落ち着けるように、何度も何度も念仏のように繰り返した――。

エピローグ

文化祭の翌日。

俺はハスミンたち『スモールラブ』と一緒に近場のカラオケボックスにやってきていた。

後夜祭で約束した打ち上げを早速実行しにきたのだ。

ちなみに俺が女の子とカラオケに来るのは生まれて初めてだった。

というか誰かとカラオケに来ること自体が初めてだ。

理由は過去の俺から察して欲しい。


「〜〜〜♪」

ハスミンの明るく力強い声が、新田さんや楠木さんが合いの手を入れるのに合わせてそう広くはないカラオケボックスに響き渡る。

スタンディングスタイルで歌い切ったハスミンに、俺たちは盛大な拍手を送った。

「さすがバンドのヴォーカル担当のハスミンだな、お手上げってくらい抜群に上手すぎる」

新田さんが次の曲を歌う合間に、俺は隣に座ったハスミンに称賛の言葉を送る。

採点では驚異の九八点台を叩き出していて、もちろんぶっちぎりのトップだった。

「えへへ、ありがと。でも修平くんも結構上手だよね」

「音痴じゃないとは思うけどな」

「またまた謙遜しちゃってー。神がかったギターほどじゃないけど、ちゃんとコンスタントに九〇点以上出してるじゃんー」

「そうは言ってもハスミン以外のみんなも、得点が高いからなぁ」

俺以外の面々は全員が音楽を趣味としているだけあって、ハスミンほどじゃないにしても全員明らかに俺より歌うまさんだ。

「せっかくだし。また賭けでもしちゃう？」

文化祭の時と同じようにハスミンが挑戦的な目付きで提案してくるものの。

「やめておく。これは無謀すぎる戦いだよ。正直言って勝てるビジョンが見えない」

これにはさすがの俺も戦略的撤退を選択した。

どう考えても無理ゲーすぎる。

聖剣を持たずに魔王との戦いに挑むようなものだ。

「ざーんねん。またケーキセットの奢り権をゲットできると思ったのに」

「くっ、こいつ調子に乗ってるな？　調子に乗ってやがるな？　今に見てろよ？」

「あははー」

いつかリベンジすることを誓った俺を、ハスミンが邪気のない笑顔で笑い飛ばした。

そうこうしている内に俺の歌の順番が回ってくる。

俺が入れたのは文化祭ライブでハスミンたちが演奏したのと同じ曲だ。

「次は約束のデュエットだね。さ、一緒に歌おっか♪」

「お手柔らかにな」

「任せて任せて♪　大船に乗った気分で大丈夫だから」

ハスミンが手渡してきたマイクを受けとると、俺は一緒に立ち上がる。

ハスミンは立って歌わないと気分が乗らないタイプで毎回立って歌うらしく、デュエットなので俺もそれに合わせた形だ。

するとさ、

「ちょっとちょっと？　約束のデュエットってなに？」

「なんか超ラブいセリフが聞こえてきたんですけどー」

「約束のラブデュエット……さすがハスミン、抜かりなし」

二人一緒に立ち上がった俺とハスミンを見て、新田さんたちがきゃーきゃーと盛り上がり始めた。

「ラブデュエットなんてそんなこと一言も言ってませんー。捏造はやめてくださいー。単に後夜祭の時に、デュエットして欲しいって修平くんにお願いされただけですー」

前曲の採点と前奏が入る合間に、ハスミンが新田さんたちに抗議する。

「後夜祭で一緒にデュエットするのをお願いって時点で、ねぇ？」

「それってもう実質、愛の告白でしょー？」

「やーん、約束の愛のラブデュエットー」

しかし新田さんたちはハスミンの抗議なんてどこ吹く風で、三人でどんどんと盛り上がっていく。

「だからそんなこと一言も言ってないですー。打ち上げに行く約束と一緒で、ただの普通の約束ですー」

ハスミンは特に照れた様子もなく淡々と事実を指摘する。

「照れなくてもいいわよ」

「そうそうー」

「あーあ、私もカレシとデュエットしてみたいなー」

しかし残る三人組はというと、まるで外堀でも埋めようとしているみたいに、俺とハスミンが「そういう仲」である前提で盛り上がっていた。

うーん、女子ってほんと「そういう話」にしちゃうの好きだよなぁ。

別にハスミンと俺が好き合ってるからデュエットをするってわけじゃないのに。

それはハスミンのいつもと変わらない様子を見れば一目瞭然だ。

普通は異性として意識していれば、少しは照れたりとかするもんだろうから。

よし、ここはハスミンの名誉のためにも、ちゃんと俺からも言っておくとするか。

「みんな、本当に深い意味はないんだ。俺が文化祭ライブのハスミンの歌に感動してデュエットして欲しいってお願いしたら、ハスミンが快くオーケーしてくれただけなんだ。ただそれだけだから。な、ハスミン」

俺は「そういう話」じゃないんだぞというのがはっきりと伝わるように、いたって軽い口調を意識しながら言った。

「う、うん……そう、だよね……」

するとここにきて、なぜだかハスミンが微妙に声の調子を落とした……ような気がした。

いやハスミンは相変わらず笑顔のままだし、今のは俺の気のせいかもしれない。

しかしちょうどそこで前奏が終わって歌が始まったので、俺は即座に意識を切り替えて歌うことに全力を注ぐことにした。

ただでさえハスミンのほうが圧倒的に上手なんだから、下手な俺が適当かますわけにはいかないからな。

「「～～～♪」」

早速俺とハスミンはデュエットを始める。

ハスミンは主旋律を歌う時は当然上手なのに加えて、俺が主旋律を歌う時には、俺の歌を引き立てるような綺麗なハモリを入れてくれる。

テンポも完全に俺に合わせてくれていて、だから俺はまるで歌手にでもなったみたいに気持ちよく自分のペースで歌うことができた。

五分ほどの長さのある曲だったけど、ハスミンと一緒に歌う時間は驚くほどあっという間に過ぎていった。

「一緒に歌ってくれてサンキューな。あとほんと上手だよな。今さらだけど」

歌い終わってすぐに、俺は手放しでハスミンを褒め称えた。

「修平くんのテンポが一定でズレないから合わせるのは結構簡単だったかな。やっぱり修平くんは音楽の才能がバリバリあると思うよ？　将来は音楽の道に進んでみたら？」

ハスミンがサラッとそんなことを言ってくる。

「俺はまぁ音楽は趣味でいいかな。ハスミンこそそっち系には進まないのか？」

「うーん、わたしも趣味でいいかなー。芸術系は競争も激しいし、仕事にしちゃうと純粋な気持ちで音楽を楽しめなくなりそうだから」

「趣味を仕事にするとそれがありそうだよな」

「でしょ？」

そんな俺たちのやり取りを見て、

「いつもよりも丁寧にハモリを入れてたわよね。夫を立てる妻ってところかしら」

「内助の功ってやつかも。ハスミンは尽くし系だよね」

「いいなー、私も一緒にデュエットするイケてるカレシが欲しいなー」

またもや新田さんたち三人組が、事前に口裏でも合わせているんじゃないかって様子で、口々に囃し立ててきた。

「だから修平くんとはそういうんじゃないんだってばー。もう……」

ハスミンがやれやれって感じの顔をしながら、席に着く。

「ははっ。みんなハスミンの反応が楽しくてからかってるだけだろうから、あんまり気にするなよ」

「それもわかってるしー。まったくもう、みんな悪ノリがひどいんだよね」

俺の言葉にハスミンが苦笑する。

「ほんと仲がいいんだな」

「まーねー。メイは小学校から一緒だし、ホノカとアスカも中一からで、みんな長い付き合いだから」

そこで会話が途切れ、しばし新田さんたちの歌に耳を傾けてから俺は改めて感謝の言葉を伝えた。

「今日は誘ってくれてありがとな。俺、打ち上げに参加するのって初めてでさ。今もまだ文化祭の余韻が残っているみたいですごく楽しいよ」

「どういたしまして。そんなに喜んでもらえたのなら誘った甲斐があったかな♪　また今度みんなで来ようね」

「マジか。それは嬉しいな」

「ねーねー織田っちー、ハスミーン。今度は全員みんなで歌おーよー」

そう言ってマイクが手渡された。

「いいけど、マイクは二本しかないぞ？」

「私たちは三人で一本のマイク使うから、織田っちはハスミンとねー」

「顔をくっ付けたら二人分の声を拾ってくれるから」

やれやれまったく、またそういう作戦か。

ま、せっかくの打ち上げなんだし、乗っかって楽しむのもありかもな。

こうして俺の人生初めての打ち上げは、ハスミンとデュエットしたり、バンドをやったメンバー全員で一緒に合唱したり、写真や動画を撮ったり撮られたり、盛り上がりに盛り上がったのだった。

（ここまで俺の高校生活やり直しは極めて順調だ。だけどこれで満足なんてしたりはしないぞ。俺はもっともっと高校生活を満喫するんだ——！）


（完）

あとがき

皆さんこんにちは、マナシロカナタです。

この度は『隣の席の美少女をナンパから助けたら、なぜかクラス委員を一緒にやることになった件』をお読みいただき誠にありがとうございました！

異世界に召喚されて勇者となり、魔王を倒した陰キャが、スペックそのままで元の世界に帰還し、高校生活を楽しくやり直す物語、お楽しみいただけたら幸いです。

当作品ですが、実は「第七回カクヨムWeb小説コンテスト」にて漫画原作賞である「ComicWalker漫画賞」を受賞しております。漫画原作オンリーの賞だったのですが、幸運にも、こうして小説のほうも書籍として出版していただけることになりました！

素敵な機会を用意してくださったスニーカー文庫様には、感謝の気持ちでいっぱいです。続けて謝辞を。辛抱強く見守ってくださった担当編集のS様、素敵なイラストで花を添えて頂いた成瀬ちさと様を始め、携わってくださった全ての方々、そして今まさに本書を読んでおられる読者の皆様に、深く御礼申し上げます。

投稿小説サイト「カクヨム」では、他にもたくさんの作品を公開しております。気が向いたら、ぜひぜひ見に行ってみてくださいね！

隣の席の美少女をナンパから助けたら、なぜかクラス委員を一緒にやることになった件

著　マナシロカナタ

角川スニーカー文庫　23523
2023年2月1日　初版発行

発行者　山下直久
発　行　株式会社KADOKAWA
〒102-8177 東京都千代田区富士見2-13-3
電話　0570-002-301（ナビダイヤル）

印刷所　株式会社暁印刷
製本所　本間製本株式会社

◇◇◇

Printed in Japan　ISBN 978-4-04-113383-5　C0193

★ご意見、ご感想をお送りください★
〒102-8177 東京都千代田区富士見 2-13-3
株式会社KADOKAWA　角川スニーカー文庫編集部気付
「マナシロカナタ」先生「成瀬ちさと」先生